मंटो पर चलाए गए मुक़दमे की कहानी

मंटो की ज़बानी

मुक़दमा ठंडा गोश्त

दफ़ा 292पाकिस्तान दण्ड संहिता

अनुवादक

फ़रीद अहमद

मुक़दमाः ठंडा गोश्त

मुक़दमा ठंडा गोश्त (हिंदी अनुवाद)

अनुवादक : फ़रीद अहमद

संस्करण : 1st 2022 ई०

पृष्ठ: 95

मूल्य : ₹ 299

प्रकाशक : Notion Press Media Pvt. Ltd,
#7, Red Cross Road, Egmore, Chennai,
Tamil Nadu 600008

ईशर सिंह के नाम..........

लरज़ता है मिरा दिल 'ज़हमत-ए-मेहर-ए-दरख़्शाँ' पर
मैं हूँ वो क़तरा-ए-शबनम कि हो ख़ार-ए-बयाबाँ पर

यह 'ग़ालिब' ही बेहतर जानते होंगे कि यह शे'र लिखते समय उनकी मनोदशा क्या रही होगी। और जब 'मंटो' ने यह शे'र पढ़ा होगा, तो उनके दिल ओ दिमाग़ पर क्या असर हुआ होगा ? लेकिन हम सिर्फ इतना ही जान सकते हैं कि 'मंटो' की रोशन ख्याल कहानियाँ ही 'मंटो' के लिए तकलीफ़ और पीड़ा का कारण बनी। इन्ही, तकलीफ़ और पीड़ा को 'मंटो' ने 'ग़ालिब' के इस शे'र के एक वाक्यांश 'ज़हमत-ए-मेहर-ए-दरख़्शाँ' अर्थात 'चमकते सूरज की पीड़ा' के शीर्षक से अपने एक लेख जो कि सन 1950 ई० में लाहौर में लिखा था, बयान किया है।

'ज़हमत-ए-मेहर-ए-दरख़्शाँ' में 'मंटो' ने अपनी सबसे विवादित व चर्तित कहानी 'ठंडा गोश्त' पर अश्लीलता के आरोप व मुक़दमें की पूरी कहानी का आँखों देखा हाल को अपने ख़ास अंदाज़ में पेश किया है। जिसमें भारत विभाजन का दर्द, शरणार्थी केम्पों की कुव्यवस्था, अदालत की कार्रवाईयाँ, गवाहों की गवाहियाँ व अदालत की कार्यप्रणालियों का चित्रण प्रस्तुत करते हुए कहानी 'ठंडा गोश्त' के मनोवैज्ञानिक पहलुओं पर तर्क सहित विस्तृत रूप से रोशनी डाली है।

1948 ई० में जब 'मंटो' हिन्दुस्तान को छोड़ पाकिस्तान में लाहौर पहुँचे तो अपने दिमाग़ को संतुलित न रख सके। तीन महीने इसी असंतुलित

अवस्था में गुज़ारे और कुछ प्रश्न 'मंटो' के दिल ओ दिमाग़ में बार-बार उठते। जिसका ज़िक्र करते हुए 'मंटो' लिखते हैं-

> "कोशिश के बवजूद हिन्दुस्तान को पाकिस्तान से और पाकिस्तान को हिन्दुस्तान से अलग न कर सका। बार-बार दिमाग़ में यह उलझन करने वाला प्रश्न गूंजता, क्या पाकिस्तान का साहित्य अलग होगा..... अगर अलग होगा तो कैसे होगा ? वो सब कुछ जो समग्र हिन्दुस्तान में लिखा गया था उसका मालिक कौन है ? क्या इसको भी विभाजित किया जायेगा..........क्या हिन्दुस्तानियों और पाकिस्तानियों की आधारभूत समस्या एक जैसी नही ? क्या उधर उर्दू बिलकुल समाप्त हो जाएगी ? यहाँ पकिस्तान में उर्दू क्या रूप धारण करेगी ? क्या हमारी स्टेट धार्मिक स्टेट है ? स्टेट के तो हम हर हाल में निष्ठावान रहेंगे। मगर क्या हमें सरकार पर आलोचना करने की अनुमति होगी ? आज़ाद होकर क्या यहाँ के हालात अंग्रेजी सरकार के हालात से भिन्न होंगे ?"

दिल ओ दिमाग़ में उठते प्रश्नों के उत्तर खोजने के लिए 'मंटो' जब बाहर निकले तो उनको कुछ ओर ही नज़र आया ! जहाँ-तहाँ अव्यवस्था और लाचारी ही नज़र आयी। जब 'मंटो' ने शरणार्थी केम्पों की तरफ रुख किया तो 'मंटो' सन्न रह गए..... शरणार्थी केम्पों की कुव्यवस्था देख 'मंटो' लिखते हैं-

> "दुर्भाग्यवश जिधर भी नज़र डालता अस्त-व्यस्ता ही दिखाई देती थी................ शरणार्थियों के कैम्प

> देखे। यहाँ स्वयं अस्त-व्यस्तता के रोंगटे खड़े देखे। किसी ने कहा अब तो स्थिति बहुत बेहतर हैं। कुछ समय पूर्व की स्थिति तो दयनीय थी। मैं सोचने लगा अगर यह स्थिति बेहतर है तो कुव्यवस्था पता नहीं कैसी होगी ?"

शरणार्थी केम्प तथा उसके आस-पास की स्थिति व वातावरण को बयान करते हुए 'मंटो' आगे लिखते हैं-

> "...बहुत अद्भुत स्थिति थी। एक की खुशी दूसरे का दुःख था। एक का जीवन दूसरे की मौत से सम्बंधित था। दो धारे बह रहे थे। एक जीवन का धारा एक मौत का। इन के बीच सूखापन था। पेट भर और भूख साथ साथ चलती थी.......वातावरण में मृत्यु काल था। जिस तरह गर्मियों के शुरू में आकाश पर बिना उद्देश्य के उड़ती हुई चीलों की चीखें उदास होती हैं, उसी तरह "पाकिस्तान जिंदाबाद" और "क़ाइद-ए-आ'ज़म जिंदाबाद" के नारे कानों को उदास–उदास लगते थे।"

इस भयावह स्थिति से जूझते हुए 'मंटो' सारा दिन शहर के रास्तों, बाज़ारों, गलियों में घूमते हैं। लोगों की बातें, उनकी पीड़ा को सुनते और उनके एहसानों को महसूस करते। इसी दौरान 'मंटो' ने 'नाक की क़िस्में', 'दीवारों पर लिखना' जैसी कुछ हल्की-फुल्की कहानियाँ भी लिखी जो कि पत्रिका 'इमरोज़' में प्रकाशित हुईं। लेकिन 'मंटो' इन हल्की-फुल्की कहानियों के आदी न थे, और फिर 'मंटो' की कलम ने 'सवेरे जो मेरी आँख खुली' तथा 'सवाल पैदा होता है' जैसी धारदार कहानियाँ लिख डाली जिससे 'मंटो' के दिल ओ दिमाग़ का बोझ कुछ हल्का हुआ।

इसी समय 'मंटो' के मित्र 'अहमद नदीम क़ासमी' ने मासिक पत्रिका 'नुक़ूश' का प्रकाशन प्रारम्भ किया तो 'मंटो' से 'नुक़ूश' के लिए कहानी लिखने का अनुरोध किया। 'मंटो' ने 'नुक़ूश' के लिए अपनी पहली कहानी 'ठंडा गोश्त' लिख डाली, जोकि आगे चल कर 'मंटो' तथा पाकिस्तान के लिए बहुत 'गर्म' साबित हुई। जब क़ासमी साहब ने 'ठंडा गोश्त' पढ़ी तो 'मंटो' से माफ़ी मांगते हुए इसे छापने से इंकार कर दिया। कुछ दिनों के बाद पत्र 'अदब-ए-लतीफ़' के सह-संपादक 'चौधरी बरकत अली' ने 'ठंडा गोश्त' को छापने का इरादा किया। छपने की सभी तैयारियाँ हो चुकी थी, लेकिन अचानक से कहानी छापने से मना कर दिया गया।

'मंटो' लिखते हैं-

> "कहानी की किताबत हो गई, कॉपियाँ बन गईं, प्रूफ निकल आए, त्रुटियाँ सुधार कर के जब वापस प्रेस में गईं तो किसी की नज़र "ठंडा गोश्त" वाली कॉपी पर पड़ी। उसने कहानी पढ़ी तो छापने से मना कर दिया। "कहर दरवेश बर जाँ दरवेश" अर्थात बिखारी का क्रोध बिखारी तक ही सीमित होता है । और इस कहानी के बिना ही पत्र प्रकाशित किया गया।"

पत्र 'नया दौर' के 'मुमताज़ शीरीं' तथा पत्र 'नया इदारा' के 'चौधरी नज़ीर अहमद' ने भी 'ठंडा गोश्त' को छापने की किशिशें कीं लेकन 'ठंडा गोश्त' छप न सकी।

आखिरकार 1949 ई० में पत्रिका 'जावेद' के एडिटर 'आरिफ अब्दुल मतीन' ने 'ठंडा गोश्त' को 'जावेद' के विशेषांक में प्रकाशित कर दिया। एक माह भी नहीं हुआ था कि पत्रिका 'जावेद' के कार्यालय पर छापा पड़ गया और

समस्त प्रतियाँ जब्त कर ली गईं। प्रेस ब्रांच के अधिकारी 'चौधरी मुहम्मद हुसैन' ने 'ठंडा गोश्त' को अश्लील मानते हुए कहानी 'ठंडा गोश्त' के लेखक 'मंटो' तथा पत्रिका 'जावेद' के स्वामी 'मास्टर नसीर' व एडिटर 'आरिफ अब्दुल मतीन' के ख़िलाफ़ कड़ी कार्रवाई करते हुए 'प्रेस एडवाइजरी बोर्ड' के समक्ष प्रकरण को पेश कर दिया।

'पाकिस्तान टाइम्स' के कार्यालय में 'प्रेस एडवाइजरी बोर्ड' की मीटिंग की गई, जिसके कन्वीनर फैज़ अहमद 'फैज़' तथा सदस्यगण में F.W. बोस्टन (सिविल मिलिट्री गजट) मौलाना अख्तर अली (जमींदार) हमीद निज़ामी (नवा-ए-वक़्त) वक़ार अम्बालवी (सफीना) और अमीनउद्दीन सहराई (जदीद निज़ाम) नियुक्त किए गए। 'प्रेस एडवाइजरी बोर्ड' के अधिकारी 'चौधरी मुहम्मद हुसैन' ने प्रकरण को विद्वानों के समक्ष रखते हुए प्रबल रूप से कहानी 'ठंडा गोश्त', 'मंटो', 'मास्टर नसीर' तथा 'आरिफ़ अब्दुल मतीन' के ख़िलाफ़ अश्लील कहानी को लिखने, छापने तथा वितरण करने का दोषी करार देते हुए अपनी जाँच रिपोर्ट को पेश की। जिस पर कन्वीनर फैज़ अहमद 'फैज़' ने 'ठंडा गोश्त' को अश्लील मानने से इंकार कर दिया, लेकिन बोर्ड के अन्य सदस्य फैज़ अहमद 'फैज़' से सहमत न हुए तथा ज़बरदस्त बहस व तर्क-विर्तक के बाद भी जब कोई परिणाम निकलता दिखाई न दिया तो यह तय पाया गया कि 'ठंडा गोश्त' अश्लील है या नहीं, इसका फ़ैसला अदालत करेगी। और मामला जिला कचहरी भेज दिया गया।

कुछ दिनों के बाद 'मंटो', 'आरिफ़ अब्दुल मतीन' तथा 'मास्टर नसीर' को गिरफ्तार कर लिया गया। पुलिस थाना से जमानत के बाद ज़िला कचहरी में इन तीनों के खिलाफ दफ़ा 292 PPC के तहत मुक़दमा दर्ज हो गया।

'मंटो' के लिए यह कुछ भी नया न था। कई बार पहले भी 'मंटो' अपने मुक़दमे के सिलसिले में यहाँ आ चुके थे। ज़िला कचहरी की कार्यप्रणाली तथा यहाँ की व्यवस्था से भली-भांति परिचित थे। ज़िला कचहरी का चित्रण करते हुए 'मंटो' लिखते हैं-

> "मेरे लिए यह जगह कोई नयी नहीं थी। अपने पहले तीन मुक़दमों के सम्बन्ध में यहाँ कई बार आ चुका था और धूल फाँक चुका था। नाम तो ज़िला कचहरी है लेकिन बहुत गन्दी जगह है। मच्छर, मक्खियाँ, कीड़े-मकोड़े.....हथकड़ियों और बेड़ियों की झंकारें, बहुत ही दकियानूस टाइप रायटरों की उकता देने वाली टप-टप। टीन टांगों वाली कुर्सियाँ जिनका बैठने का बैड नहीं है। दीवारों पर से प्लास्टर उखड़ रहा है। बाग़ है जिसका लॉन गरीब मेले कुचले कश्मीरी के सर की तरह गंजा है। बुर्का पहनी औरतें नंगे पैर फर्श पर आलती पालती मारे बैठी हैं। कोई गन्दी गालियाँ बक रहा है।अन्दर कमरों में मजिस्ट्रेट बहुत ही बेकार मेजों के पास बैठे मुक़दमों की सुनवाई कर रहे हैं।"

ज़िला कचहरी की कार्यप्रणाली और रिश्वत के सम्बन्ध में 'मंटो' व्यंगात्मक रूप से आगे लिखते हैं-

> "आपको प्रतिलिपि लेनी हो अर्ज़ी के साथ "पहियें" लगाने पड़ेंगे। कोई मिस्ल अवलोकन के लिए निकलवानी हो तो भी "पहियें" लगाने पड़ेंगे। किसी अधिकारी से मिलना हो तो भी "पहियें" लगाने पड़ेंगे।

अगर काम जल्दी करना हो तो "पहियों" की संख्या बढ़ानी पड़ेगी। ध्यान से देखने की आवश्यकता नहीं है। अगर आप की आँख देख सकती है तो आप को जिला कचहरी मैं हर अर्जी "पहियों" पर चलती नज़र आएगी। एक कार्यालय से दूसरे कार्यालय चार "पहियें"। दूसरे से तीसरे कार्यालय तक जाने के लिए आठ "पहियें"। अगर आप पेशेवर अपराधी नहीं हैं तो आपके दिल में यह जबरदस्त इच्छा उत्पन्न होगी कि कोई आपके "पहियें" लगा दे और धक्का दे दे, ताकि आप जिला कचहरी से बहार निकल जाएँ।"

मुक़दमे की कार्रवाई न्यायिक मजिस्ट्रेट- प्रथम, श्रीमान A.M सईद की अदालत में प्रारम्भ हुई। अभियोजन पक्ष की तरफ से मिस्टर मुहम्मद याकूब मैनेजर, कपूर आर्ट प्रेस, लाहौर। शैख़ मुहम्मद तुफैल हकीम, असिस्टेंट सुपरिटेंडेंट, D.C ऑफ लाहौर। सय्यद ज़िया उद्दीन अहमद, अनुवादक, प्रेस ब्रांच, पंजाब गवर्मेंट और कुछ लोग औपचारिक रूप से पेश किये गए। बचाव पक्ष की तरफ से 30 गवाहों की सूची अदालत को दी गई, मजिस्ट्रेट द्वारा 14 गवाहों की अनुमति दी, सिर्फ 7 गवाह जिनमें सय्यद आबिद अली 'आबिद' M.A, LLB, प्रिंसिपल दयाल सिंह कॉलेज, लाहौर, मास्टर अहमद सईद, प्रोफेसर मनोविज्ञान, दयाल सिंह कॉलेज, लाहौर, डॉक्टर खलीफ़ा अब्दुल हलीम, M.A, LLB, P.hD भूतपूर्व डायरेक्टर एजुकेशन कश्मीर, डॉक्टर सईद B.A, LLB, P.hD, DSC, फैज़ अहमद 'फैज़' एडिटर पाकिस्तान टाइम, डॉक्टर आई० लतीफ़, हेड ऑफ साइकोलॉजी

डिपार्टमेंट, F.C कॉलेज, लाहौर तथा सूफ़ी गुलाम गुरतुफ़ा साहब तबस्सुम, प्रोफेसर गवर्मेंट कॉलेज, लाहौर की ही गवाही दर्ज की गई।

16 जनवरी 1950 ई० को अभियोजन तथा बचाव पक्ष की समस्त बहस, सफाई व गवाहियों के बाद न्यायिक मजिस्ट्रेट A.M सईद साहब ने अपना फैसला सुनाया। फ़ैसले में कहानी 'ठंडा गोश्त' को अश्लील मानते हुए कहानी के लेखक सआदत हसन 'मंटो', प्रेस स्वामी 'मास्टर नसीर' तथा पत्रिका 'जावेद' के एडिटर 'आरिफ़ अब्दुल मतीन' को दोषी माना गया और तीन माह के कारावास सहित तीन सो रूपये जुर्माना की सज़ा सुनाई गई।

फ़ैसले का एक अंश-

> "'ठंडा गोश्त' शीर्षक वाली कहानी को ध्यान से पढ़ने के बाद, मैं संतुष्ट हूँ कि इसमें पाठकों की नैतिकता को भ्रष्ट करने की प्रवृत्ति है और यह हमारे देश के प्रचलित नैतिक मानकों का उल्लंघन करती है। इसलिए, मैं आरोपी सआदत हसन मंटो को अश्लील कहानी लिखने के लिए जिम्मेदार ठहराता हूँ, और उसे दफ़ा 292 PPC के तहत कड़ी सज़ा के साथ तीन महीने के कारावास और 300 रुपये के जुर्माने की सजा देता हूँ। जुर्माना नहीं भरने की स्थिति में उसे 21 दिन का अतिरिक्त कारावास भुगतना होगा।............... आरोपी आरिफ अब्दुल मतीन और नसीर अनवर, जो स्पष्ट रूप से उस पत्रिका के संपादक और प्रकाशक हैं, जिसमें उपरोक्त कहानी प्रकाशित हुई है, एक अश्लील कहानी के सार्वजनिक प्रकाशन के दोषी हैं और इसी दफ़ा के अंतर्गत आते हैं।.......दोनों आरोपियों में से

> प्रत्येक के लिए तीन-तीन सौ रुपये का जुर्माना लगाता हूँ, इस लिए कि यह न्याय की अनिवार्यताओं को पूरा करेगा।
>
> अत: मैं तद्नुसार आदेश देता हूँ कि अर्थदंड का भुगतान न करने की स्थिति में आरोपी आरिफ अब्दुल मतीन और नसीर अनवर को कठोर कारावास के साथ 21 दिन के कारावास की सजा भुगतनी होगी।"

इस फ़ैसले के खिलाफ दिनांक 28 जनवरी 1950 ई० को सेशन कोर्ट में अपील दायर की गई। सेशन जज 'इनायतुल्लाह खान' ने अपील को स्वीकार करते हुए 10 जुलाई सुनवाई की तारीख तय की। सेशन जज 'इनायतुल्ला खान' अत्याधिक धार्मिक प्रवृत्ति वाले थे। दाढ़ी रखते थे तथा पाँच वक़्त के नमाज के पाबन्द थे। इसी धार्मिक प्रवृत्ति को देख 'मंटो' के वकील 'शैख़ खुर्शीद' ने आशंका जताई कि हमारा मुक़दमा गलत आदमी के पास है। जिस पर 'मंटो' ने कहा कि यदि जज इनायतुल्लाह हमारे ख़िलाफ़ फ़ैसला देते हैं तो 'हाई कोर्ट' में देख लेंगे। इसी बीच 'मंटो' ने अपनी कहानी 'ठंडा गोश्त' पर एक विस्तृत समीक्षा लिखी, जिसमें 'ठंडा गोश्त' की भूमिका, पात्र, भाषा व शैली, तथा पात्रों के मनोवैज्ञानिक संदर्भ का वरण किया।

समीक्षा के कुछ अंश-

> "कहानी स्पष्ट रूप से यौन मनोविज्ञान के एक बिंदु के इर्द-गिर्द घूमती है, लेकिन वास्तव में, मनुष्य को एक बहुत ही अच्छा संदेश दिया गया है कि वह क्रूरता और क्रूरता की चरम सीमा तक पहुँचने के बाद भी अपनी मानवता नहीं खोता है। यदि ईशर सिंह अपनी मानवता खो चुका होता, तो मरी हुई औरत की भावना ने उसे कभी

इतना प्रभावित नहीं किया होता कि वह अपनी गर्दानगी खो देता। मनोवैज्ञानिक रूप से उपयुक्त और यथार्थवादी इस तरह के एक गहन प्रकार के प्रभाव को दिखाने के लिए, यह आवश्यक था कि ईशर सिंह को सामान्य पुरुषों की तुलना में यौन रूप से प्रबल बताया जाता, इसलिए कहानीकार ने कहानी में जगह-जगह अपनी कलम के अनुसार पर्याप्त ऐसा किया है।"

"वासना एक उग्र जुनून है। यदि किसी व्यक्ति में यह जुनून जाग्रत हो जाता है, तो उसके शरीर में गर्म रक्त प्रवाहित होता है। उसका तापमान बढ़ जाता है। उसका दिल ओ दिमाग़ तप जाता है। विचाराधीन कहानी का शीर्षक 'ठंडा गोश्त' है। स्पष्ट है कि यह शीर्षक, जिसका अर्थ में ठंडा है, पाठक के दिल ओ दिमाग़ में किसी भी तरह की गर्मी उत्पन्न नहीं कर सकती।"

"'ठंडा गोश्त' में स्त्री-पुरुष के यौन सम्बन्धों को कहीं भी रुचिकर ढंग से प्रस्तुत नहीं किया गया है। पहली बात, क्योंकि ऐसी शैली कल्पना के उद्देश्य के विपरीत थी। दूसरी बात, क्योंकि कहानी का लेखक कोई 'अश्लील कहानीकार' नहीं है। 'ठंडा गोश्त' कोई यौन आसन प्रस्तुत नहीं करता, रुकावट का नुस्खा नहीं बताता। किसी छिपी हुई छवि की झलक नहीं दिखाता। 'ठंडा गोश्त' एक ऐसे व्यक्ति की दर्दनाक तस्वीर है, जिसमें उसके चरित्र की

> तमाम भयावहताओं के बावजूद मानवता का सार बना रहा।"

अपील सुनवाई तिथि 10 जुलाई का दिन आ पहुँचा, सारे लोग अदालत में उपस्थित हो गए। जज इनायतुल्लाह खान साहब ने आते ही कहा-

> "मैंने इस केस का ध्यानपूर्वक अध्ययन किया है। तुम लोग संतुष्ट हो जाओ। कोई परेशानी नहीं आएगी। मैंने उदाहरण से केवल अधीनस्थ न्यायालय का निर्णय पढ़ा है। मैंने साक्ष्यों का अध्ययन करना अनावश्यक समझा है। बहरहाल, 'ठंडा गोश्त' कहानी को बड़े ध्यान से पढ़ा है।"

अदालत में लगभग आधे घंटे तक सवाल-जवाब, बहस और दलीलें पेश होती रहीं। जज साहब ने तमाम दलीलों को ध्यानपूर्वक सुना और अंततः अपना फ़ैसला सुनाते हुए आरोपियों से बात की, जिसको 'मंटो' इस प्रकार लिखते हैं-

> "मैं सआदत हसन मंटो को सजा दूँ, तो वह कहेगा कि एक दाढ़ी वाले ने मुझे सजा दी.........." आगे जज साहब कहते हैं – "जुर्माना अदा किया था ?" हम सभी ने कहा, 'जी हाँ।' इस पर जज साहब ने कहा- "आप दोषमुक्त हैं।" जुर्माना आपको पूरा वापस कर दिया जाएगा।"

'मंटो' कहते हैं कि मुझे यकीन ही नहीं हुआ कि मैं दोषमुक्त हो गया हूँ। कुछ पलों के लिए मैं सोच भी नहीं पाया कि क्या हुआ था। जब मेरे वकील शेख खुर्शीद साहब ने मेरा कंधा पकड़ कर हिलाया और कहा- उठो श्रीमान।

आप आप दोषमुक्त हैं। जब जाकर मुझे यकीन हुआ कि मैं दोषमुक्त हो गया हूँ।

सेशन जज इनायतुल्लाह खान के विस्तृत फ़ैसले का एक अंश-

> "विद्वान PPS ने किसी मुख्य आपत्तिजनक बिंदु की ओर इशारा नहीं किया जिसे वे निश्चित तौर पर 'अश्लीलता' कहेंगे। किसी ने कहानी की कुछ पंक्तियों को चिह्नित किया है लेकिन वे ऐसी हैं जिनका मैंने पहले ही उल्लेख किया है और यह उन्हें पुनः पेश करने के लिए कोई उपयोगी उद्देश्य नहीं होगा। इसलिए मैं निचली अदालत से असहमत हूँ, लेकिन मैं यह स्पष्ट करना चाहता हूँ कि मेरा मतलब इस कहानी से सहमत होने का नहीं है। मैं इसे 'अश्लील' या अत्यधिक आपत्तिजनक नहीं मानता। तद्नुसार, मैं अपील को स्वीकार करता हूँ, और तीनों अपीलार्थियों को बरी करता हूँ। वे पहले से ही जमानत पर हैं। यदि जुर्माने का भुगतान किया गया है, तो इसे पूरा वापस किया जाना चाहिए।"

और इस तरह 'मंटो' लगभग एक साल की कानूनी कार्रवाई व दौड़धूप के बाद इन अदालतों से अश्लीलता के आरोप से बरी तो हो जाते हैं, लेकिन अभी और भी कानूनी अदालतों में 'मंटो' को अग्नि-परीक्षा देनी थी। सरकार 'मंटो' को 'लाहौर हाई कोर्ट' तक ले जाती है जहाँ चीफ़ जस्टिस 'मुहम्मद मुनीर' की अदालत में 'मंटो' पर फ़िर से अश्लीलता का मुक़दमा चलाया जाता है.....।

'मंटो' इस बात से अनजान न थे। वो बखूबी जानते थे कि 'यह नाक़बिल-ए-बर्दाश्त ज़माना' उनकी कहानियों को बर्दाश्त नहीं कर सकता।

'मंटो' अपने लेख 'ज़हमत-ए-मेहर-ए-दरख़्शाँ' के अंत में 'अमीर ख़ुसरों' के एक शे'र की प्रथम पंक्ति को लिखते हैं-

"सर-ए-दोस्ताँ सलामत, कि तू ख़ंजर आज़माई"

अर्थात – "दोस्तों के सर सलामत रहें, तू खंज़र चलाता जा"

फ़रीद अहमद
हल्द्वानी (नैनीताल) उत्तराखण्ड
18 जनवरी 2023 ई०

ज़हमत-ए-मेहर-ए-दरख़्शाँ
(चमकते सूरज की पीड़ा)

बम्बई को छोड़ कर कराची से होता हुआ लगभग 7 या 8 जनवरी 1948 ई० को यहाँ लाहौर पहुँचा। तीन माह मेरे दिमाग़ की अजीब हालत रही। समझ में नहीं आता था कि मैं कहाँ हूँ। बम्बई में हूँ। कराची में अपने दोस्त हसन अब्बास के घर बैठा हूँ या लाहौर में हूँ, जहाँ कई रेस्त्रानों में क़ाइद-ए-आ'ज़म[1] फण्ड इकठ्ठा करने के सिलसिले में संगीत समारोह अक्सर आयोजित होते थे।

तीन माह तक मेरा दिमाग़ कोई फ़ैसला न कर सका। ऐसा प्रतीत होता था कि पर्दे पर एक साथ कई फ़िल्में चल रही हैं। आपस में गड- मड..... कभी बम्बई के बाज़ार और उसकी गलियाँ। कभी कराची की छोटी छोटी तेज रफ़्तार ट्रामें और गधा गाड़ियाँ और कभी लाहौर के उन्माद से भरे हुए रेस्त्रान..... समझ में नही आता था कि मैं कहाँ हूँ...... सारा दिन कुर्सी पर बैठा विचारों में खोया रहता। आखिर एक दिन चोंका क्यूँकि जो रूपये मैं बम्बई से अपने साथ लाया था, कुछ तो घर में और कुछ घर से कुछ दूर 'क्लिफ्टन बार'

---

[1] पाकिस्तान के संस्थापक 'मुहम्मद अली जिन्ना' की उपाधि।

में खर्च हो चुके थे। अब मुझे वास्तविक रूप से पता चला कि मैं लाहौर में हूँ। जहाँ कभी कभी अपने मुकदमों के सम्बन्ध में आया करता था और करनाल शॉप से बहुत सी सुन्दर चप्पल खरीद कर अपने साथ ले जाया करता था।

मैंने सोचना शुरू किया कि अब क्या काम किया जाए। जिज्ञासा से ज्ञात हुआ कि विभाजन के बाद फ़िल्मी कारोबार लगभग समाप्त हो गया है।जिन फिल्म कंपनियों के बोर्ड नज़र आते हैं, वो उन बोर्डों ही तक सीमित हैं..... बहुत चिंता हुई..... अलॉटमेंटो का बाज़ार गर्म था। अप्रवासी व प्रवासी धड़ा धड़ अपने प्रभाव से कारखाने और दुकानें लूट कर आ रहे थे। मुझे भी सुझाव दिया गया, मगर मैंने इस लूट- खसूट में भाग न लिया।

उन्ही दिनों पता चला कि फैज़ अहमद 'फैज़' और चिराग हसरत मिलकर एक दैनिक समाचार पत्र प्रकाशित करने का इरादा कर रहे हैं। मैं उन से मिला। समाचार पत्र का नाम 'इमरोज़' था जो आजकल हर इक की जबान पर है। पहली मुलाक़ात पर समाचार पत्र की 'डमी' तैयारी की जा रही थी। दूसरी मुलाक़ात हुई तो 'इमरोज' के संभवतः चार पत्र निकल चुके थे। समाचार पत्र का गेटअप देखकर दिल बहुत खुश हुआ। मन में उकसाहट उत्पन्न हुई कि लिखूँ लेकिन जब लिखने बैठा तो दिमाग़ में बिखराओ पाया। कोशिश के बवजूद हिन्दुस्तान को पकिस्तान से और पाकिस्तान को हिन्दुस्तान से अलग न कर सका। बार-बार दिमाग़ में यह उलझन करने वाला प्रश्न गूंजता, क्या पकिस्तान का साहित्य अलग होगा..... अगर अलग होगा तो कैसे होगा ? वो सब कुछ जो समग्र हिन्दुस्तान में लिखा गया था उसका मालिक कौन है ? क्या इसको भी विभाजित किया जायेगा..........क्या हिन्दुस्तानियों और पाकिस्तानियों की आधारभूत समस्या एक जैसी नही ? क्या उधर उर्दू बिलकुल समाप्त हो जाएगी ? यहाँ पकिस्तान में उर्दू क्या रूप धारण करेगी ? क्या हमारी स्टेट धार्मिक स्टेट है? स्टेट के तो हम हर हाल में

निष्ठावान रहेंगे। मगर क्या हमें सरकार पर आलोचना करने की अनुमति होगी ? आज़ाद होकर क्या यहाँ के हालात अंग्रेजी सरकार के हालात से भिन्न होंगे ?

दुर्भाग्यवश जिधर भी नज़र डालता अस्त-व्यस्तता ही दिखाई देती थी। कुछ लोग बहुत ही ख़ुश थे क्यूँकी उनके पास अचानक दौलत आ गई थी, लेकिन इस ख़ुशी में भी अव्यवस्था थी। जैसे एक दिन वो बिखर कर हवा हो जाने वाले हैं। प्रायः वह दुःखी और चिंतित थे, क्यूँकि वो लुट-पिट कर आये थे।शरणार्थियों के कैम्प देखे। यहाँ स्वयं अस्त-व्यस्तता के रोंगटे खड़े देखे। किसी ने कहा अब तो स्थिति बहुत बेहतर हैं। कुछ समय पूर्व की स्थिति तो दयनीय थी। मैं सोचने लगा अगर यह स्थिति बेहतर है तो कुव्यवस्था पता नहीं कैसी होगी। बहुत अद्भुत स्थिति थी। एक की खुशी दूसरे का दुःख था। एक का जीवन दूसरे की मौत से सम्बंधित था। दो धारे बह रहे थे। एक जीवन का धारा एक मौत का। इन के बीच सूखापन था। पेट भर और भूख साथ साथ चलती थी.......वातावरण में मृत्यु काल था। जिस तरह गर्मियों के शुरू में आकाश पर बिना उद्देश्य के उड़ती हुई चीलों की चीखें उदास होती हैं, उसी तरह "पाकिस्तान जिंदाबाद" और "क़ाइद-ए-आ'ज़म जिंदाबाद" के नारे कानों को उदास –उदास लगते थे।

रेडियो की लहरें, स्वर्गीय इकबाल[2] का एक गीत रात-दिन अपने कांधों पर उठा-उठा कर थक और ऊब गईं थीं। फीचर प्रोग्राम कुछ प्रकार के होते थे कि 'मुर्गियाँ किस प्रकार पाली जाती हैं', 'जूते कैसे बनाए जाते हैं', 'चरम कला क्या है'। शरणार्थी कैम्प में कितने लोग आये कितने गये।

---

[2] उर्दू के महान शायर। जिन्हें 'सर' तथा 'अल्लामा' इक़बाल भी कहा जाता है।

लगभग सभी पेड़ नंगे थे, सर्दियों से बचने के लिए निर्धन शरणार्थियों ने उनकी छाल उतार कर अपनी खाल से लपेट ली थी। टहनियाँ काट कर पेट की आग ठंडी की थी। इन नंगे बचे पेड़ों से वातावरण और भी दुःखी और उदास हो गया था। बिल्डिगों की ओर देखता था तो ऐसा प्रतीत होता था सोग में हैं। इनके रहने वाले भी शोकाकुल थे। बाहरी तौर पर हँसते थे, खेलते थे। कोई काम मिल जाता तो वो भी करते थे। मगर यह सब कुछ खुले आकाश में था। ऐसे खुले आकाश में जो पूर्ण भरा होने के बाद भी खाली था।

मैं अपने परम् मित्र 'अहमद नदीम क़ासमी'[3] से मिला। 'साहिर लुधियानवी'[4] से मिला। इनके अतिरिक्त और लोगों से भी मिला। सब मेरी तरह मानसिक रूप से असहाय थे।मैं यह अनुभव कर रहा था कि जो इतना प्रचंड भूचाल आया है। शायद उसके कुछ झटके ज्वालामुखी पर्वत में अटके हुए हैं। बाहर निकल आयें तो वातावरण ठीक ठाक होगा। फिर स्पष्ट हो सकेगा कि सही स्थिति क्या है।

सोच-सोच कर मैं परेशान हो गया था। अतः आवारागर्दी शुरू कर दी, व्यर्थ ही सारा दिन घूमता रहता था। खुद खामोश रहता लेकिन दूसरों की सुनता रहता ..... निरर्थक बाते, बेजोड़ दलीले, अनुभवहीन राजनीतिक चर्चाएँ.... इस आवारागर्दी से यह फ़ायदा हुआ कि मेरे दिमाग़ में जो हलचल थी वो धीरे-धीरे कम हो गई। और मैंने सोचा कि हल्की-फुल्की कहानियाँ लिखनी चाहिए। इसलिए मैंने "नाक की किस्में", "दीवारों पर लिखना" जैसी हास्यपूर्ण कहानियाँ "इमरोज़" के लिए लिखीं जो पसंद की गईं......धीरे-धीरे स्वभाव स्वयं ही आलोचक रूप धारण कर गया। यह परिवर्तन मुझे बिलकुल

---

[3] उर्दू के प्रगतिशील शायर व कहानीकार।

[4] प्रख्यात प्रगतिशील शायर व फिल्म गीतकार।

भी महसूस न हुआ। मैं लिखता गया और मेरी कलम से "सवाल पैदा होता है" और "सवेरे जो कल आँख मेरी खुली" जैसी धारदार कहानियाँ निकल गईं। जब मुझे इस बात का एहसास हुआ कि मेरे कलम ने आस-पास छाई हुई धुंद में टटोल-टटोल कर एक रास्ता ख़ोज लिया है तो मुझे ख़ुशी हुई। दिमाग़ का बोझ भी कुछ हल्का हो गया। मैंने ज़ोर-शोर से लिखना शुरू कर दिया। लेखो का यह संकलन बाद में "तल्ख़ तर्श और शीरीं" शीर्षक से प्रकाशित हुआ।

मन कहानी की ओर आकर्षित नहीं होता था। इस साहित्य विधा को मैं बहुत गंभीर समझता हूँ। इस लिए कहानी लिखने से बचता था। लेकिन इन्ही दिनों मेरे परम् मित्र अहमद नदीम कासमी जो लगभग ऊटपटांग चीजें लिख-लिख कर तंग आ गए थे, रेडियो पाकिस्तान पेशावर से अलग होकर लाहौर चले आए और "इदारा फ़रोग-ए-उर्दू" के सहयोग से मासिक पत्र "नुकूश" जारी किया। उनके अनुरोध के उपरांत भी मैं "नुकूश" के प्राम्भिक अंक के लिए कोई कहानी न लिख सका। जब वो नाराज हो गए तो मैंने पकिस्तान में अपनी पहली कहानी "ठंडा गोश्त" लिखी, जो अब मेरे इस संकलन का शीर्षक होगी।

क़ासमी साहब ने यह कहानी मेरे सामने पढ़ी। वो खामोशी से पढ़ते रहे। मगर मुझे उनकी प्रतिक्रिया ज्ञात न हो सकी। कहानी समाप्त करने के बाद उन्होंने मुझ से खेद व्यक्त करते हुए कहा "मंटो साहब क्षमा कीजिए, कहानी बहुत अच्छा है लेकिन "नुकूश" के लिए बहुत गर्म है।" क़ासमी साहब से कभी बहस नहीं हुई थी, इसलिए मैंने ख़ामोशी से कहानी वापस ले ली और उनसे कहा "बहुत बेहतर, तो मैं आपके लिए दूसरी कहानी लिख दूँगा, आप कल शाम तशरीफ़ ले आइयेगा।"

क़ासमी साहब जब दूसरे दिन शाम को तशरीफ़ लाये तो मैं अपनी दूसरी कहानी "खोल दो" की अंतिम पंक्तियाँ लिख रहा था। मैंने क़ासमी साहब से कहा "एक मिनट.... आप बैठिये मैं कहानी पूरी करके देता हूँ"...... इस कहानी की अंतिम पंक्तियाँ जो कि बहुत ही महत्वपूर्ण थी, इस लिए क़ासमी साहब को बहुत देर प्रतीक्षा करनी पड़ी।जब कहानी पूरी हो गई तो मैंने पाण्डुलिपि उनके हवाले कर दी- "पढ़ लीजिए... खुदा करे आपको पसंद आ जाए।"

क़ासमी साहब ने कहानी पढ़ना शुरू की। अंतिम पंक्तियों पर पहुँचे तो मैंने नोट किया कि जैसे किसी ने उन्हें झंझोड़ दिया है। कहानी समाप्त करने के बाद वो कुछ न बोले, मैंने उनसे पूछा - "कैसी है ?"

क़ासमी साहब पर कहानी का प्रभाव अभी तक छाया था। संक्षिप्त में कहा "अच्छी है..... मैं लिए जाता हूँ".....और आप आज्ञा लेकर चले गए।

"खोल दो" क़ासमी साहब के पत्र "नुकूश" अंक 3 में प्रकाशित हुई। पाठकों ने पसंद की प्रत्येक की प्रतिक्रिया एक जैसी थी। अंतिम पंक्तियाँ सब को झंझोड़ कर रख देती थीं। लेकिन एकदम हम सब को झंझोड़ कर रख देने वाला हादसा तब हुआ जब सरकार को यह कहानी शान्ति, सद्भावना के विरुद्ध नज़र आई। अतः आदेश हुआ कि "नुकूश" का प्रकाशन छः माह तक बंद रहे..... समाचार पत्रों में सरकार के इस आदेश के विरोध में बहुत कुछ लिखा गया, मगर सरकार का आदेश अपनी जगह पर रहा। मैंने एक दिन क़ासमी साहब से मुस्कुराते हुए कहा " अगर 'ठंडा गोश्त' प्रकाशित करते तो शायद बिजली आपके आशियाने न गिरती।"

बहुत दिन गुज़र जाने के बाद "अदब-ए-लतीफ़" के सह-संपादक मेरे पास आये और "ठंडा गोश्त" ले गए.... कहानी की किताबत हो गई, कॉपियाँ बन गईं, प्रूफ निकल आए, त्रुटियाँ सुधार कर के जब वापस प्रेस में

गईं तो किसी की नज़र "ठंडा गोश्त" वाली कॉपी पर पड़ी। उसने कहानी पढ़ा तो छापने से मना कर दिया। "कहर दरवेश बर जाँ दरवेश" अर्थात बिखारी का क्रोध बिखारी तक ही सीमित होता है । और इस कहानी के बिना ही पत्र प्रकाशित किया गया।

चौधरी बरकत अली साहब कोइटे में थे वापस आये तो उन्होंने "अदब-ए-लतीफ़" के दूसरे अंक में "ठंडा गोश्त" प्रकाशित करने की कोशिश की, मगर नाकाम रह। कहानी कि पाण्डुलिपि मुझे वापस कर दी गई।

इस अवधि मे कराची से श्रीमान मुमताज शीरीं के कुछ पत्र आ चुके थे कि मैं उनके "नया दौर" के लिए कोई कहानी भेजूँ, मैंने उठाकर "ठंडा गोश्त" उनको भेज दी। बहुत समय के बाद जवाब आया कि हम देर तक सोचते रहे कि इसे प्रकाशित किया जाए या नहीं। कहानी बहुत अच्छी है। मुझे बहुत पसंद है लेकिन डर है कि सरकार की जाँच पड़ताल का शिकार न हो जाए। "ठंडा गोश्त" यहाँ से भी ठंडी होकर वापस मेरे पास पहुँच गई। मैंने सोचा अब इसे किसी पत्रिका में नहीं छपवाना चाहिए।

छः माह की समय-अवधि पूरी नहीं हुई थी कि सरकार ने "न छापो" वाला प्रतिबंध हटा दिया। अतः मैंने "नया इदारा" के लिए एक संग्रह संकलित किया, जिसका शीर्षक मैंने "नमरूद की खुदाई" रखा। इसमें "खोल दो" के साथ-साथ "ठंडा गोश्त" को भी सम्मलित कर दिया। मगर कुदरत को कुछ और ही मंज़ूर था। अजीज़ी आरिफ अब्दुल मतीन पत्रिका "जावेद" के एडिटर नियुक्त हुए तो आप मेरे पीछे पड़ गए कि मैं उनको "ठंडा गोश्त" की पाण्डुलिपि प्रकाशन के लिए दूँ। बहुत टाल-मटोल के बाद अंततः उनके अनुरोध पर मैंने "नया इदारा" के स्वामी चौधरी नज़ीर अहमद साहब को एक चिट्ठी लिख दी कि यह "जावेद" वाले अपना पत्र जब्त कराना चाहते हैं... कृपया उन्हें "ठंडा गोश्त" की पांडुलिपि दे दीजिए। आरिफ साहब कहानी की

पाण्डुलिपि ले आए और उसे “जावेद” के विशेष अंक मार्च-1949 ई० में प्रकाशित कर दिया।

पत्र छप कर मार्केट में आ गया। आंतरिक व बाह्य एजेंसियों में भी वितरण हो गया। यहाँ तक तो ठीक रहा। एक माह गुज़र गया। मैं संतुष्ट हो गया कि अब “ठंडा गोश्त” पर कोई विपत्ति नहीं आयेगी। मगर प्रेस ब्रांच का नियंत्रण अभी तक चौधरी मुहम्मद हुसैन साहब (अब स्वर्गीय) के हाथ में था। दुर्बलता के कारण उनके हाथ बहुत कमज़ोर हो चुके थे। मगर उन्होंने एक जोर का झटका दिया और पुलिस मशीनरी गति में आ गई।

मैंने एक दिन उड़ती-उड़ती ख़बर सुनी कि छपा पड़ा है, और पुलिस “जावेद” के विशेष अंक के पत्र उठा कर ले गई है। मैंने कुछ परिचित से पूछा किसी ने इस खबर की पुष्टि की। किसी ने कहा “यह ‘जावेद’ वालों का पब्लिसिटी स्टंट है।” इसी समय “जावेद” के स्वामी मास्टर नसीर का पत्र मिला –

> मंटो साहब !
>
> एक खबर सुनिए.......आज पुलिस ने कार्यालय “जावेद” पर छापा मारा, तलाशी लेने पर बचे-खुचे कुछ पत्र अपने कब्ज़े में ले लिए। शेष पत्रों की जाँच पड़ताल हुई, तो डिस्पेच रजिस्टर ने स्पष्ट कर दिया कि समस्त पत्र हिन्द-पाक के अलग अलग स्टेशनों पर सप्लाई हो चुके हैं।
>
> रजिस्टर में समस्त एजेंसियों के पते नोट कर ले गए और आगे की सप्लाई का हिसाब-किताब बंद कर दिया है। यह कार्रवाई गिरफ़्तारी का संकेत है। और मुझे यकीन है कि शीघ्र मुलजिमों के कटहरे में होंगे। लेकिन

> एक और बात उल्लेखनीय है कि एक स्थानीय संस्था इस छापे को प्रोपेगेंडा से संबद्ध करती है। मुझे आश्चर्य है कि ऐसा क्यूँ है।
>
> खैर इसकी पुष्टि स्वयं हो जाएगी। मुझे तो यह कहना है कि ज़रा औहें चलें, जहाँ तीन बार सज़ा पाने पर आप दोषमुक्त हुए। मेरा ख्याल है कि यह बारी अंतिम होगी।"

खबर की पुष्टि हो गई। प्रकरण प्रेस एडवाइजरी बोर्ड के समक्ष पेश हुआ। जिसके कन्वीनर कर्नल फैज़ अहमद "फैज़" एडिटर "पाकिस्तान टाइम्स" थे। इसमें "जावेद" के मालिक मास्टर नसीर अनवर भी उपस्थित थे। इनकी जबानी इस मीटिंग की संक्षिप्त व्यथा सुनिए-

> "पाकिस्तान टाइम्स' के कार्यालय में प्रेस एडवाइजरी बोर्ड की मीटिंग थी। फैज़ अहमद 'फैज़' कन्वीनर थे। मीटिंग में F.W. बोस्टन (सिविल मिलिट्री गजट) मौलाना अख्तर अली (जमींदार) हमीद निज़ामी (नवा-ए-वक़्त) वक़ार अम्बालवी (सफीना) और अमीनउद्दीन सहराई (जदीद निज़ाम) उपस्थित थे। चौधरी मुहम्मद हुसैन ने 'जावेद' का विशेष अंक पेश किया। आपने सबसे पहले पत्र के विद्रोही और उत्तेजक कहानी, गद्य व पद्य का उच्चारण किया। 'गुलामी से आज़ादी तक', 'रक्स-ए-बिस्मिल', 'सैलाब-ए-चीन', यह थीं कविताएँ। लेखों में से 'लॉरेंग से फ्लैटी तक', 'खेड़ा बहादुर कीजिए' और 'चीन कितनी दूर है' पर बहस की गई। 'फैज़' सरकार के लगाये गए आरोप को अस्वीकार करते रहे, अन्य

सदस्यों ने भी हाँ में हाँ मिलाई और यूँ ही यह आरोप टल गया। लेकिन नज़ला गिरा 'ठंडा गोश्त' पर। 'फैज़' ने जब इसे इसे श्लील करार दिया तो मौलाना अख्तर अली गरज उठे 'नहीं नहीं अब ऐसा साहित्य पकिस्तान में नहीं चलेगा।' श्रीमान 'सहराई' ने इस पर सहमती जताई। 'वक़ार' साहब ने कहानी को दुष्ट व शैतानी करार दिया। 'हमीद निजामी' ने 'नवा-ए-वक़्त' का साथ दिया। और जब F.W. बोस्टन को चौधरी साहब ने अंग्रेजी में 'ठंडा गोश्त' समझाया तो मुझे न चाहते हुए भी हँसी आ गई। कहने लगे 'इस कहानी की थीम यह है कि हम मुसलमान इतने निर्लज्ज है कि सिखों ने हमारी मुर्दा लड़की तक नहीं छोड़ी .... मुझे हँसी तो आ गई थी लेकिन जब चौधरी साहब गलत अनुवाद पर अड़े रहे तो मुझे दुःख हुआ। मैंने लाख समझाया, 'फैज़' साहब ने भी हर तरह से संतुष्ट किया लेकिन फ़ैसला यह हुआ कि अब अदालत ही इसका फ़ैसला करे।"

अतः कुछ दिन बाद मैं, नसीर अनवर और आरिफ अब्दुल मतीन गिरफ्तार कर लिए गए। गिरफ्तार करने वाले सब-इंस्पेक्टर चौधरी ख़ुदा बख्श थे। बेहद सज्जन, कई दिनों तक मेरे घर के चक्कर काटते रहे। उन दिनों मैं अक्सर बाहर होता। आखिर एक दिन वो मुझसे मिलने में कामयाब हो गए। सभ्य रूप से पेश आए और कहा "कल सुबह किसी मित्र के साथ थाना सिविल लाईन में आइयेगा। ताकि आपकी ज़मानत हो जाए। इससे पहले कई बार मुझे पुलिस के आदमियों से पाला पड़ चुका था। चौधरी ख़ुदा बख्श साहब का मृदुल व्यवहार मुझ पर बहुत प्रभावी रहा।

दूसरे दिन सुबह को मैं थाने में उपस्थित हो गया। मेरे मित्र शैख़ सलीम ने हस्ताक्षर किये और हम मुक़दमे के पहले पड़ाव से मुक्त हो गए।

आरिफ अब्दुल मतीन बहुत ही परेशान थे। उनका गला सूखा जाता था। यह आश्चर्य की बात है, क्यूँकी वो कम्युनिस्ट पार्टी के सक्रीय सदस्य हैं। अदालत से ख़ुदा जाने क्यूँ इतने भयभीत थे। अंततः समन जारी हुए। सुनवाई तिथि निर्धारित हुई और हम तीनों ज़िला कचहरी में उपस्थित हुए।

मेरे लिए यह जगह कोई नयी नहीं थी। अपने पहले तीन मुक़दमों के सम्बन्ध में यहाँ कई बार आ चुका था और धूल फाँक चुका था। नाम तो ज़िला कचहरी है लेकिन बहुत गन्दी जगह है। मच्छर, मक्खियाँ, कीड़े-मकोड़े...... हथकड़ियों और बेड़ियों की झंकारें, बहुत ही दकियानूस टाइप रायटरों की उकता देने वाली टप-टप। टीन टांगों वाली कुर्सियाँ जिनका बैठने का बैड नहीं है। दीवारों पर से प्लास्टर उखड़ रहा है। बाग़ है जिसका लॉन गरीब मेले कुचले कश्मीरी के सर की तरह गंजा है। बुर्का पहनी औरतें नंगे पैर फर्श पर आलती पालती मारे बैठी हैं। कोई गन्दी गालियाँ बक रहा है।अन्दर कमरों में मजिस्ट्रेट बहुत ही बेकार मेजों के पास बैठे मुक़दमों की सुनवाई कर रहे हैं। पास दोस्त यार बैठे हैं, सुनवाई के समय उनसे भी बात-चीत जारी रहती है।

शब्द जिला कचहरी की सही तस्वीर नहीं खीच सकते। यहाँ का वातावरण अलग है। यहाँ का माहोल अलग है। यहाँ की भाषा अलग है। यहाँ की राजनीति अलग है।अजीब जगह है। ख़ुदा इससे दूर ही रखे।

आपको प्रतिलिपि लेनी हो अर्ज़ी के साथ "पहियें" लगाने पड़ेंगे। कोई मिस्ल[5] अवलोकन के लिए निकलवानी हो तो भी "पहियें" लगाने पड़ेंगे। किसी अधिकारी से मिलना हो तो भी "पहियें" लगाने पड़ेंगे। अगर काम

---

[5] मुक़दमे की फ़ाइल।

जल्दी करना हो तो "पहियों" की संख्या बढ़ानी पड़ेगी । ध्यान से देखने की आवश्यकता नहीं है । अगर आप की आँख देख सकती है तो आप को ज़िला कचहरी मैं हर अर्जी "पहियों" पर चलती नज़र आएगी। एक कार्यालय से दूसरे कार्यालय चार "पहियें" । दूसरे से तीसरे कार्यालय तक जाने के लिए आठ "पहियें"। अगर आप पेशेवर अपराधी नहीं हैं तो आपके दिल में यह जबरदस्त इच्छा उत्पन्न होगी कि कोई आपके "पहियें" लगा दे और धक्का दे दे, ताकि आप ज़िला कचहरी से बहार निकल जाएँ।

वकील का सवाल सामने था। अदालत में उपस्थित होने से पहले श्रीमान तसद्दुक हुसैन ख़ालिद[6] से मुलाक़ात हुई।आपने कमाल मेहरबानी से खुद ही कहा कि वो हमारे मुक़दमें की पैरवी करने में ख़ुशी महसूस करेंगे। अतः उनको तकलीफ दी गई।

ख़ालिद साहब आये।हम अभियुक्तगण, मियाँ A.M सईदी PCS मजिस्ट्रेट-प्रथम की अदालत में पेश हुए।मियाँ साहब उक्त किसी जमाने में कप्तानी के पद पर नियुक्त थे । मगर अब उनसे बन्दूक लेकर न्याय व इन्साफ की तराजू उनके हाथ में दे दी गई थी। छोटी-छोटी तेज आखें। छरीरा बदन, रंग साँवला। कुर्सी पर बड़े रुआब से बैठे थे।हम अभियुक्त सलाम करके कटहरे में खड़े हुए तो आप ने हमारी तरह देखे बिना ही मियाँ तसद्दुक हुसैन खालिद की तरफ ध्यान दिया। एक बार फिर जमानतें हुईं। इसके बाद दूसरी सुनवाई की तारीख़ मिल गई।हमने मियाँ सईद साहब को सलाम किया और अदालत से बहार निकल आए। जून का महीना था सब के गले सूखे थे।मगर आरिफ अब्दुल मतीन का गला बिलकुल लकड़ी हो रहा था ।काश वहाँ कोई पार्टी मेम्बर होता।

---

[6] पंजाब के पूर्व अतिरिक्त सहायक कमिश्नर, शायर तथा विद्वान अधिवक्ता।

दो तीन पेशियाँ इस तरह भुगती। मौसम भयानक गर्म हो चुका था। लेकिन "कहर दरवेश बर जाँ दरवेश" अर्थात बिखारी का क्रोध बिखारी तक ही सीमित होता है। "आवाज़ पड़ने लगी" अदालत के बहार खड़े रहते। क्यूँकी डर था कि अगर हम इधर-उधर हो गए तो मजिस्ट्रेट साहब का प्रकोप हो जाएगा। शुरू से ही उनका व्यवहार बहुत कठोर था। ऐसा लगता था कि वो पहले से ही अपने दिल में हमारे विरुद्ध फ़ैसला कर चुके हैं। मियाँ ख़ालिद ने मुझसे कहा-"क्यूँ ना हम इस अदालत से अपना मुक़दमा हस्तांतरित कर लें, मजिस्ट्रेट का व्यवहार दुश्मन जैसा है।" मैंने कहा-"मियाँ साहब छोड़िये......वो दूसरी अदालत में मुक़दमा ले गए तो क्या हमें वहाँ लड्डू-पेड़े खिलाये जाएंगे। रहने दीजिए मुक़दमे को यहीं।

मियाँ खालिद मान गए। अतः दो-तीन पेशियाँ भुगती।अभियोजन की तरफ से मिस्टर मुहम्मद याकूब पुत्र मियाँ गुलाम कादिर, मैनेजर, कपूर आर्ट प्रेस, लाहौर। शैख़ मुहम्मद तुफैल हकीम, असिस्टेंट सुपरिटेंडेंट,D.C ऑफ लाहौर। सय्यद ज़िया उद्दीन अहमद, अनुवादक, प्रेस ब्रांच, पंजाब गवर्मेंट और कुछ लोग औपचारिक रूप से पेश किये गए।

सय्यद ज़िया उद्दीन ने कहा- "मेरी राय में 'ठंडा गोश्त' पूरी की पूरी अश्लील है। मियाँ खालिद के एक प्रश्न के उत्तर देते हुए कहा कि जहाँ तक कहानीकार की कोशिश का सम्बन्ध है वो सभ्य है, मगर शैली तथा शब्दों का प्रयोग गलत है। मियाँ खालिद ने गवाह से एक और प्रश्न किया- "क्या कहानीकार को अपने पात्र के मुंह में ऐसे शब्द नहीं डालने चाहियें जो उसके सही व्यक्तित्व को पेश करे।".......सय्यद साहब ने उत्तर दिया-"जिस प्रकार का पात्र हो उसी प्रकार के शब्द प्रयोग करने चाहियें।" आपने यह भी स्वीकार किया कि कहानीकार का यह काम है कि वो अच्छे बुरे पात्र उत्पन्न करे।

गवाही समाप्त हुई। मजिस्ट्रेट साहब ने औपचारिक रूप से हमसे कुछ प्रश्न किये, जिनका संक्षिप्त उत्तर दे दिया गया। यह सिलसिला न्यायिक भाषा में 'इस्तिफ्सार मुल्जिम बिला हलफ़'[7] कहलाता है, जो कुछ इस प्रकार का होता है-

प्रश्न- आप पर आरोप है कि आपने कहानीकार के रूप में "ठंडा गोश्त" जो कि पत्रिका "जावेद" के विशेष अंक में प्रकाशन के उद्देश्य से नसीर अनवर प्रिंटर व पब्लिशर, आरोपी साथी और आरिफ अब्दुल मतीन तथा नसीर अनवर एडिटर पत्रिका को जो कि अश्लील था, दिया। यह अपराध दफ़ा 292 भारतीय दण्ड संहिता के अंतर्गत आता है। आप कारण स्पष्ट करें कि क्यूँ न आपको इस अपराध की सज़ा दी जाए ?

उत्तर- (जो खालिद साहब ने मेरी तरफ से दिया) मैंने कहानी "ठंडा गोश्त", "जावेद" में प्रकाशन के उद्देश्य से दी। लेकिन वो अश्लील नहीं थी और न ही उसे अश्लील स्वीकारता हूँ। यह कहानी सुधार सम्बन्धी है।

प्रश्न- मुक़दमा क्यूँ बनाया गया ?

उत्तर- पुलिस बेहतर जानती है।उसका सुधारवादी दृष्टिकोण हमसे अलग है ।

प्रश्न- कुछ और कहना चाहते हो ?

उत्तर- इस समय नहीं।

अब हम से प्रतिवादी के गवाहों की सूची पेश करने को कहा गया। यह सूची हमने पहले से ही तेयार कर रखी थी। इस लिए फ़ौरन पेश कर दी गई। मियाँ सईद साहब ने जब बत्तीस नाम देखे तो नाराज़ हो गए। कहा- " मैं इतना हुजूम नहीं बुला सकता।" मियाँ खालिद ने अनुरोध किया

[7] शपथ के बिना आरोपी से पूछताछ

कि हर गवाह अपनी जगह पर बहुत महत्वपूर्ण है। मियाँ सईद ने अपने अंदाज़ में मज़ाक उड़ाने की कोशिश की। मुमताज़ शीरीं साहिब का नाम पढ़ा तो कहा- “यह मुमताज़ शीरीं कौन हैं ?” न्यायालय के लोग मियाँ साहब के इस मज़ाक पर हँसें, हम होंट भीजते खामोश रहे।

बड़ी कठिनाइयों के बाद मजिस्ट्रेट साहब-प्रथम चौदह गवाह बुलाने पर राज़ी हुए। सूची पर निशान लगा दिए गए, समन जारी हो गए। मैं किसी गवाह से न मिला। क्यूँकि मैं चाहता था कि हर एक मेरी कहानी के सम्बन्ध में अपनी बे-लाग राय दे, ताकि मुझे अपनी सही पोजीशन मालूम हो सके।

जिन गवाहों के समन की तामीली हो चुकी थी उनको सुबह सवेरे अदालत में हाज़िर होना पड़ा था। मैं बेहद शर्मिन्दा था। क्यूँकि गरीब काम-काज छोड़ कर कई कई घंटे खड़े रहते थे। और अदालत के बहार लोहे के जंगले के साथ लगे प्रतीक्षा करते रहते थे कि उन्हें कब आवाज़ पड़ती है।

मेरे मित्र शैख़ सलीम की हालत दयापात्र थी। सुबह शाम पीने का आदि, सारा समय जम्बाइयाँ लेता रहता था। आखिर उससे यह पीड़ा बर्दाश्त न की गई। छोटी बोतल में विस्की भर के ले आता, और थोड़े-थोड़े समय के अंतराल में पीता रहता। साहित्य से उसका दूर का भी सम्बन्ध नहीं, लेकिन जब दूसरों से बातें करता तो यही कहता “आखिर अश्लीलता है क्या ?” मंटो की कहानी “ठंडा गोश्त” मैंने पढी नहीं लेकिन यह अश्लील नहीं हो सकती। मंटो आर्टिस्ट है ।

हमारी तरफ से पहले गवाह सय्यद आबिद अली ‘आबिद’ M.A, LLB, प्रिंसिपल दयाल सिंह कॉलेज,लाहौर थे। आपने बयान देते हुए कहा- “मैंने पत्रिका ‘जावेद’ में ‘ठंडा गोश्त’ पढ़ी, यह एक साहित्यिक गद्य है। मंटो साहब की मैंने सारी रचनाएँ पढ़ी हैं। प्रेमचंद के बाद जो लघुकथा कहानीकार

प्रसिद्ध हुए उनमें सआदत हसन मंटो को विशेष स्थान प्राप्त है।इस कहानी से ईशर सिंह के पात्र का विशिष्ट प्रभाव यह है कि उसने जो असभ्य व्यवहार किया है, उसकी सज़ा प्रकृति की ओर से मनोवैज्ञानिक रूप से उसे मिल गई।

अदालत के एक प्रश्न पर आबिद साहब ने कहा-"वली[8] से लेकर ग़ालिब[9] तक सब वो चीज जिसे अश्लील कहा जाता है, लिखते चले आये हैं। लिटरेचर कभी अश्लील नहीं होता, जो एक बार लिटरेचर माना जा चुका हो।

अभियोजन पक्ष की ओर से प्रश्न किया गया- "क्या साहित्य विशेष रूप से लक्षित है ?"

आबिद साहब ने उत्तर दिया- "मैं पहले ही कह चुका हूँ कि साहित्य जीवन की आलोचना है। और इसमें इस प्रश्न का उत्तर सम्मिलित है। हर उचित व्यक्ति के कथनी और करनी का अर्थ होता है। लेकिन सभी व्यक्ति उचित नहीं होते। सभी कथनी और करनी सोसाइटी की दृष्टि में अच्छी या बुरी हो सकती है। अच्छे या बुरे कथन को जाँचने के लिए बहुत से सिद्धांत होते हैं।"

अभियोजन पक्ष की ओर से प्रश्न के उत्तर में आबिद साहब ने कहा- "यह कहानी मेरे सब बच्चों व बच्चियों ने पढ़ी है।मेरी एक बच्ची नार्थ एयर में पढ़ती है उससे कई बार 'सेक्स' पर व्यवहारिक चर्चा हो चुकी है। जो उसके पाठ्यक्रम का अंश है।"......फिर आपने कहा "विशेष व्यक्तियों से जो कि साहित्यकार हैं इस कहानी के बारे में मेरी बात चीत हुई, सब ने बहुत प्रसंशा की।

---

[8] 'वली दकनी', मूल नाम शमसुद्दीन मुहम्मद वली। दिल्ली में उर्दू क्लासिकल शायरी को स्थापित करने वाला शायर, जिन्हें उर्दू का 'चासर' भी कहा जाता है।

[9] विश्व साहित्य में उर्दू के महान, लोक प्रिय व चर्चित शायर जो अंतिम मुग़ल बादशाह 'बहादुर शाह ज़फ़र' के गुरु भी रहे। मूल नाम 'मिर्ज़ा असद उल्लाह बेग'

प्रतिवादी के दूसरे गवाह मास्टर अहमद सईद प्रोफेसर मनोविज्ञान, दयाल सिंह कॉलेज, लाहौर थे। आप ने अपने बयान में कहा कि- "कहानी 'ठंडा गोश्त' अश्लील नहीं है। इसमें एक बहुत बड़ी लिंग समस्या है। उन के अनुसार शब्द अश्लील का कोई आधार ही नहीं है। दूसरे शब्दों में शब्द अश्लीलता एक अतिरिक्त वस्तु है। मानसिक रूप से बीमार व्यक्तियों पर 'ठंडा गोश्त' पढ़ने से बुरा प्रभाव हो सकता है।"

तीसरे गवाह डॉक्टर खलीफ़ा अब्दुल हलीम, M.A, LLB, P.hD भूतपूर्व डायरेक्टर एजुकेशन कश्मीर थे। आप ने अपने बयान में कहा- " इंसान के अन्दर जो भलाई व बुराई है, साहित्यकार का यह काम है कि वो उसको अन्दर से पेश करे जिस से मानव जीवन की सच्चाई को समझने में मदद मिल सके। बुरे पात्र को इस तरीके से पेश करे कि उसकी बुराई देख कर नफरत पैदा हो।"

खलीफ़ा साहब ने अपने बयान में यह भी कहा- "इस कहानी के पात्र ईशर सिंह से अत्यधिक घृणा और नफरत पैदा होती है। यह पात्र बिलकुल सही है। ऐसे पात्रों पर विशेष स्थितियों के अंतर्गत शारीरिक स्थिति सही के उपरान्त भी मनोविज्ञानिक बीमारी हो सकती है।"

इन तीन गवाहों के बयान एक पेशी में हुए। क्यूँकी यह अधिक लम्बे थे और एक एक शब्द खुद मजिस्ट्रेट साहब को लिखना पड़ा था। इस लिए वो झुंझला-झुंझला जाते थे। कई बार आपने तंग आकर कहा- "मैं मजिस्ट्रेट हूँ या मुहर्रिर[10]"। लेकिन उन्हें अपना फ़र्ज़ अदा करना ही पड़ा था।

इस पेशी में बड़ी दिलचस्प बात यह हुई, मेरे हाथ में सिगरेट के डिब्बे पर मजिस्ट्रेट साहब की नज़र पड़ी तो आपने मुझे एक बहुत बड़ी डांट

---

[10] लिपिक

पिलाई –“यह घर नहीं है...... अदालत है।“मैंने आदरपूर्वक निवेदन किया- लेकिन हुज़ूर मैं पी तो नहीं रहा हूँ।” आपने और ज्यादा गर्म होकर कहा “खामोश रहो, डिब्बा अपनी जेब में रखो।” मैंने आदेश का पालन किया। मजिस्ट्रेट साहब-प्रथम ने मेज पर से अपना सिगरेट काटन उठाया और एक सिगरेट सुलगा कर पीना शुरू कर दिया। और मैं आरोपियों के कठहरे में खड़ा उसका बिखरा हुआ धुवाँ पीता रहा।

अगली पेशी पर मियाँ तसद्दुक हुसैन खालिद तशरीफ़ न लाए। क्यूँकि उनके घर में कोई बीमार था। हमें तारीख मिल गई। इस तारीख पर भी मियाँ साहब तशरीफ़ न लाए। उनका लड़का विलायत से वापस आ रहा था।वो कराची उसके स्वागत के लिए चले गए थे।मैंने मजिस्ट्रेट साहब से विनम्र निवेदन किया कि हमें तारीख दे दी जाए इस लिए कि हमारा वकील उपस्तिथ नहीं है।आपने उससे इंकार कर दिया और आदेश दिया कि कार्रवाई शुरू हो।

मैं बहुत छटपटाया .... गवाह को आवाज़ दी गई। डॉक्टर सईद B.A, LLB, P.hD, DSC (उन दिनों पाकिस्तान एरफ़फ़ोर्स के सिविलियन ऑफिसर) तशरीफ़ लाए। अब मैं सोचने लगा क्या करूँ। मगर शायद इस लिए कि परिवार के सभी वरिष्ठ सदस्य वकील और बाप सब जज थे। बड़े भाई बेरिस्टर हैं और इस लिहाज़ से खून में किसी क़द्र कानून घुला हुआ था। मैंने मियाँ तसद्दुक हुसैन खालिद साहब की जगह संभाल ली। और अपने गवाह नंबर 4 डॉक्टर सईद उल्लाह साहब से बयान दिलवाना शुरू किया। बात-बात पर मजिस्ट्रेट साहब मुझे टोकते-“तुम इस तरह सवाल नहीं कर सकते.... तुम यह बात नहीं पूछ सकते....” मैं डटा रहा।

डॉक्टर साहब का आधा बयान खत्म हुआ था कि अदालत के कमरे में चार युवा वकील काले कोट पहने बड़े चुस्त, बड़े बाँके आए और

डॉक्टर सईद उल्लाह साहब के पास खड़े हो गए। एक जिसकी पतली-पतली मूँछे थीं और जिसका रंग अन्य दो से साँवला था। मेरे साथ कठहरे से लग कर खड़ा हो गया। थोरे देर के बाद जब मुझे साँस लेने का मौका मुला तो उसने मेरे कान में कहा- "मंटो साहब, क्या हम आपके मुक़दमें की पैरवी कर सकते हैं।" मैंने कुछ न सोचा और कहा- "जी हाँ आप कर सकते हैं।" फिर पतली-पतली मूँछो वाले उस युवा वकील ने पैरवी शुरू कर दी । मजिस्ट्रेट साहब ने पूछा आप कैसे ?

वकील साहब ने मुस्कुरा कर जवाब दिया- "हुज़ूर मैं इनका वकील हूँ.... क्यूँ मंटो साहब"....मैंने पुष्टि करते हुए सर हिला दिया। कार्रवाई शुरू हुई। इस वकील के अन्य तीन साथी भी हिस्सा लेने लगे। इनके उत्साह में बड़ा दिलकश लड़कपन था, वो जो कॉलेज के उत्साही विद्यार्थियों में होता है। मजिस्ट्रेट भन्ना गए। आप ने तीनों से पूछा- "आप लोग क्यूँ बीच में बोल रहे हैं"........जवाब दिया-"हुज़ूर हम आरोपियों के वकील हैं- क्यूँ मंटो साहब".......मैंने पहले कि तरह सर हिला दिया।

डॉक्टर सईद उल्लाह साहब ने अपने बयान में जो कुछ भी कहा उसे संक्षेप में पेश करता हूँ-

> आपने फ़रमाया- "ठंडा गोश्त" पढ़ने के बाद मैं खुद ठंडा गोश्त बन गया। उदासी और कुम्लाहट, यह था इसका प्रभाव। यह कहानी उत्तेजना बिलकुल भी उत्पन्न नहीं करती......ईशर सिंह का पात्र पेश करने के लिए कहानीकार ने दो-तीन बार गाली प्रयोग की हैं। मगर शायद कहानीकार ने इसे उचित समझा हो। मगर गाली का रूप उसने इस तरह बदला है कि गाली मालूम नहीं

होती। अगर वो गाली जो ईशर सिंह ने प्रयोग की है, गाली भी रहती तो मेरे दृष्टिकोण से कहानी अश्लील न होती। गाली अश्लील भी हो सकती है। और अश्लील नहीं भी हो सकती है। अगर कहानीकार सही है, तो वो गाली को अनावश्यक रूप से कभी भी प्रयोग नहीं करता। इस कहानी में गाली का प्रयोग कलाकारी है।"

प्रोसीक्यूटर साहब बड़े सुडौल प्रकार के व्यक्ति थे। गर्दन में हल्का शानदार रुमाल, आँखों पर रिम-लेस चश्मा, जिसे वो बार-बार अपनी नाक से उतारते और जमाते थे। आपने व्यंग्यात्मक रूप से कुछ कहा तो डॉक्टर साहब बरस पड़े इतने जोर से कि दूसरे कमरे में तबस्सुम साहब कुर्सी से उछल कर बाहर निकल आये। अंततः मामला टल गया।

प्रोसीक्यूटर साहब ने जिनका नाम संभवत: मुहम्मद इकबाल था, डॉक्टर साहब से पूछा- "कहानी के अनुसार अलग-अलग कहानीकार को अलग-अलग उपाधियाँ दी गईं हैं, जैसे- 'राशिदुल खैरी' को 'मुसव्विर-ए-ग़म'[11], 'इकबाल' को 'मुसव्विर–ए-हकीकत'[12] और 'ख्वाज़ा हसन निजामी'

---

[11] राशिदुल खैरी आधुनिक उर्दू गद्य के महान लेखक है। आपकी रचनाओं में दुःख, चिंता तथा ग़म का चित्रण मिलता है, जिस कारण से आपको 'मुसव्विर-ए-ग़म' अर्थात 'ग़म का चित्रकार' कहा जाता है।

[12] इक़बाल उर्दू शायरी के प्रख्यात शायर व दार्शनिक है। आपको को 'मुसव्विर-ए-हकीकत' अर्थात यथार्थ का चित्रकार कहा जाता है।

को 'मुसव्विर-ए-फितरत'[13] ...... आप...."

डॉक्टर साहब ने इकबाल की बात काट कर कहा- मैं "ठंडा गोश्त" के कहानीक को "मुसव्विर-ए-हयात"[14] की उपाधि दूंगा।

अब कर्नल फैज़ अहमद 'फैज़' एडिटर पाकिस्तान टाइम, की बारी आई। आपने अपने बयान में कहा- "मेरी राय में कहानी अश्लील नहीं है। एक कहानी के अलग अलग शब्दों को अश्लील या श्लील कहने का कोई अर्थ नहीं है। कहानी पर आलोचना करते समय सामूहिक रूप से कहानी विचाराधीन होगी और होनी भी चाहिए।केवल उत्तेजना किसी भी चीज के अश्लील होने की दलील नहीं है।मैं समझता हूँ कि इस कहानी के कहानीकार ने अश्लीलता नहीं की,लेकिन साहित्य की उचित आवश्यकताओं को पूरा नहीं किया। क्यूँकि कि इसमें जीवन की समस्याओं का संतोषजनक प्रयोग नहीं है।"

बहस के जवाब में फैज़ साहब ने कहा-"अगर विषय मांग करे तो मैं इस प्रकार के शब्दों का प्रयोग वैध समझता हूँ। जबकि यह शब्द पार्लमेंटरी नहीं, लेकिन साहित्यिक रूप से वैध हैं।"

फैज़ साहब के बाद सूफी गुलाम मुस्तुफा साहब तबस्सुम, प्रोफेसर गवर्मेंट कॉलेज, लाहौर तशरीफ़ लाए। आपने अपने बयान में कहा- " कहानी 'ठंडा गोश्त' लोगों के व्यवहार को खराब नहीं करती है। हो सकता है कि इसके कुछ भाग अलग होकर अश्लील हों और कुछ न हों। मानव

---

13 ख्वाज़ा हसन निज़ामी उर्दू के विद्वान साहित्यकार, पत्रकार, इतिहासकार तथा निबंधकार है। आपको 'मुसव्विर-ए- फितरत' अर्थात 'प्राकृतिक दृश्य का हूबहू चित्रण करने वाला' कहा जाता है।

14 'मुसव्विर-ए-हयात' अर्थात 'जीवन का चित्रण करने वाला'।

लैंगिकता को साहित्य का विषय बनाकर हमारे लिटरेचर का रुझान एक सही दिशा की ओर जा रहा है।"

बहस का जवाब देते हुए सूफी साहब ने फरमाया- "कोई कहानी या साहित्य अश्लील नहीं हो सकता जबतक कि लिखने वाले कि मंशा साहित्य है। साहित्य कभी अश्लील नहीं होता।"

इकबाल साहब ने अपनी नाक पर से कई बार जल्दी जल्दी "रिम लेस" चश्मा उतारा और जमाया, वो सूफी साहब को घेर-घार कर के अपने मतलब कि बात कहलवाना चाहते थे। मगर सूफी साहब बच्चे नहीं थे। बीस सालों से उस्तादी करते चले आये थे। इकबाल साहब के जाल में न फंसे। एक बार तो आपने साफ़ कह दिया- "देखिये साहब आप लाख उलट-फेर करें, लेकिन मैं वही कुछ कहूँगा जो मुझे कहना है।"

इकबाल साहब ने सवाल किया- "किसी लिखित कहानी या साहित्यिक मूल्य के परिणाम आचरण के विरूद्ध हों, मगर कहानीकार का आश्य दुष्ट आचरण न हो तो आप उस कहानी को अश्लील कहेंगे या नहीं ?"

साफ़ ज़ाहिर था कि इकबाल साहब क्या चाहते हैं। सूफी साहब ने मुस्कुराते हुए जवाब दिया- "इस लिए कि पढ़ने वालों के अपने मानसिक रुझान शामिल होंगे न कि कहानीकार का मतलब। साहित्य की रचना कहानीकार अपने स्वभाव से मजबूर होकर करता है, यह रचना औरों के लिए भी होती है।"

इकबाल साहब ने एक और सवाल किया- "अगर इस रचना से लोगों के स्वभाव पर बुरा प्रभाव पड़े उसका जिम्मेदार साहित्यकार होगा या नहीं ?"

सूफी साहब ने ख़ट से जवाब दिया- "दोषमुक्त है।"

इकबाल साहब ने परेशान होकर पूछा- "आखिर दुष्ट आचरण कहानी क्या है ?"

सूफी साहब ने जवाब दिया- "वो कहानी जिसे लिखने वाले का आश्य केवल दुष्ट आचरण हो।"

इकबाल साहब ने नाक पर अपना "रिम लेस" चश्मा जमाया और गर्दन को ज़रा और टेढ़ा करके बहस बंद कर दी।

डॉक्टर आई० लतीफ़, हेड ऑफ साइकोलॉजी डिपार्टमेंट, F.C कॉलेज, लाहौर बुलाये गए। मैंने उनका नाम सुना था लेकिन देखा कभी न था। आप सूफी साहब के बयान के दौरान उन में मियाँ सईद साहब के पास बेठे थे। और पत्रिका "जावेद" का विशेष अंक उनके हाथ में था। मैंने उनकी तरफ गौर ही नहीं किया था। जब वो बयान देने लेगे तो मैंने उन्हें गौर से देखा। काला रंग, सबसे पहले मुझे उन की तीखी मूंछें नज़र आयीं। आपने पत्रिका एक तरफ रख दी और कहना शुरू किया- " मैंने कहानी 'ठंडा गोश्त' अभी अभी पढ़ी है। यह एक गलत पत्रिका में छपी है। मेरा मतलब यह है कि कहानी एक पोपुलर पत्रिका में नहीं छापनी चाहिए थी। अगर यह किसी साइंटिफिक पत्रिका में, किसी केस हिस्ट्री के तौर पर ऐसे शब्द समर्थन व खंडन में छपती तो इस पर अश्लीलता का इलज़ाम नहीं लगता सकता था। जिन शब्दों की तरफ इशारा किया गया है, बोलने में उनको बुरा समझता हूँ। लेकिन केस हिस्ट्री में यह शब्द बड़ा महत्त्व रखेंगे।"

ख़ुदा जाने क्या बात हुई कि डॉक्टर लतीफ़ ने एकदम पूछा- "मिस्टर मंटो कौन हैं ?"

मैंने कहा-"जनाब यह खाकसार[15] है" डॉक्टर साहब की तीखीं मूंछें थर थराईं। आपने मुझसे कुछ न कहा, और बयान देने में व्यस्त हो गए। वकील साहब ने मेरे कान में कहा- "मंटो साहब आपका यह गवाह तो हास्टाइल हो गया है। अब आप इसपर बहस कर सकते हैं।"

मैंने कहा- "हटाइये"

लेकिन वकील साहब ने बहस कर ही दी। उसके जवाब में डॉक्टर लतीफ़ साहब ने कहा-"कहानी ऐसी पत्रिका में जिसको हर बच्चा, बूढा, लड़का, लड़की पढ़ सके नहीं छपना चाहिए थी। क्यूँकी ऐसे स्वभाव जो भावना को उत्तेजित करने वाले, प्रभाव को ग्रहण करने वाले हों, यह कहानी पढ़कर उत्तेजित होंगे।"

बहस समाप्त हुई। डॉक्टर लतीफ़ मेरे पास आए, हाथ मिलाया और कहा- "आपने मुझे गवाही के लिए बुलाया था तो कम से कम मिल ही लिए होते।" मैंने मुस्कुरा कर जवाब दिया- "इंशाअल्लाह अब मुलाक़ात का शरफ़ हासिल करूंगा।[16]"

डॉक्टर साहब ने फिर हाथ मिलाया और चले गए।

अब मैं उन चारो युवा वकीलों के सम्बंध में कुछ कहना चाहता हूँ, जो बड़े नाटकीय अंदाज़ से मेरे मुक़दमें में आये थे। पतली-पतली मूंछों, तीखी नाक और साँवले रंग वाले शैख़ ख़ुर्शीद अहमद थे। कॉफ़ी हाउस उनके बिना अधूरा है। दूसरे तीन थे- मिस्टर मजहर उल हक, मिस्टर सरदार मुहम्मद इकबाल और मिस्टर एजाज मुहम्मद खान। आप लोगों को बार रूम में पता

---

[15] प्रायः नम्रता दिखलाने के उद्देश्य से अपने लिए प्रयुक्त किए जाने वाला शब्द।

[16] एक मुहावरा, किसी के द्वारा भेट स्वीकार करते समय बोला जाने वाला वाक्य।

चला कि मैं खुद अपना केस कंडक्ट कर रहा हूँ और परेशान हूँ, तो वो गेरी मदद के लिए चले आये। मैंने उनका आभार व्यक्त किया।

शैख़ ख़ुर्शीद अहमद ने कहा- “इसकी कोई ज़रुरत नहीं, लेकिन दाद दी जिए कि मैंने आपकी कहानी ‘ठंडा गोश्त’ पढ़ी तो किया देखी तक नहीं।” हम सब खूब हँसे। शेख ने कहा- “और मैं शर्त लगाने के लिए तेयार हूँ कि मिस्टर इकबाल ने भी यह कहानी अभी तक नहीं पढ़ी।”

हमारी तरफ से सात गवाह अभी तक पेश हुए थे। शेष गवाहों को बुलाने के लिए जब शैख़ खुर्सीद साहब ने अदालत में अर्जी दी तो अस्वीकार कर दी गई। मजिस्ट्रेट साहब ने इस ख्याल से कि हमारा पड़ला भारी है, अदालत की तरफ से चार गवाह बुलाए- मौलाना ताजवर नजीबाबादी, शोरिश काश्मीरी, अबु सईद बज़्मी और डॉक्टर मुहम्मद दीन तासीर।

कई तारीखें पड़ीं लेकिन यह लोग हाज़िर न हुए। आखिर एक तारीख पर सब आ गए। ताजवर साहब परिचय हुआ तो आपने लेक्चर पिलाना शुरू कर दिया कि ऐसी गंदी, अश्लील और बेकार कहानी लिखता हूँ। मैं खामोश सुनता रहा, क्यूँकी मौलाना के साथ बहस करना बेकार था।

आग़ा शोरिश बड़े ज़ोरदार तरीके से मिले, अबु सईद बज़्मी ने मुझसे एक सिगरेट लिया और सुलगाकर टहलने लगे। आवाज़ पड़ी और अदालत में हाज़िर हुए। कार्यवाही शुरू हुई। पहले गवाह अदालत की तरफ से शम्सुल औलेमा मौलाना एहसान उल्लाह खान ताजवर नजीबबादी, प्रोफेसर दयाल सिंह कॉलेज लाहौर थे। आपने फरमाया- “कहानी ‘ठंडा गोश्त’ किसी मस्जिद में ,किसी सभा में सामूहिक रूप से सुनना पसंद नहीं की जा सकती। अगर कोई पढ़े तो सर सलामत लेकर न जा सकेगा। चालीस साल के साहित्यिक जीवन में ऐसी तुच्छ और गंदी कहानी मेरी नज़र से नहीं गुजरी।

मैंने मौलाना से कुछ सवाल किये तो आपने जवाब देते हुए कहा- "यह कहानी मैंने पहली बार दयाल सिंह कॉलेज में पढ़ी, लेकिन पूरी नहीं पढ़ी। थोड़ा सी पढ़ी और असंगत समझ कर बंद कर दिया। मसनवी[17] 'गुलज़ार-ए-नसीम'[18] में 'बकाउली' और 'ताज़ उल मुल्क' की शादी का बयान विरोधात्मक है। 'फसाना ए अजाइब'[19], मसनवी 'बहार-ए-इश्क़'[20], मसनवी 'फरेब-ए-इश्क़'[21] और 'अलीफ लैला'[22] में जो अश्लील भाग हैं वो अश्लील हैं। 'हिकायत खानम' और 'कनीज' का बयान मसनवी 'मौलाना रूम'[23] में आता है, लेकिन मैंने नहीं पढ़ा। उत्तेजना का पक्ष मसनवी 'मौलाना रूम' में नहीं हो सकता।"

---

17 उर्दू काव्य का एक प्रकार जिसमें कोइ कहानी या उपदेश एक ही वृत्ति में होता है और जिसमें हर शेर के दोनों मिसरे सानुप्रास होते हैं पर हर शेर का तुक/काफ़िया भिन्न होता है, प्रबंधकाव्य।

18 पंडित दया शंकर 'नसीम' की चर्चित 'मसनवी' 'गुलज़ार-ए-नसीम', जो कि 1839 ई० में लिखी गई।

19 रजब अली बैग 'सुरूर' की मशहूर 'दास्तान' 'फसाना ए अजाइब', जोकि 1843 ई० में लिखी गई।

20 नवाब मिर्ज़ा 'शौक़ लखनवी' की 'मसनवी' 'बहार-ए-इश्क़', जो कि 1847 ई० में लिखी गई।

21 नवाब मिर्ज़ा 'शौक़ लखनवी' की 'मसनवी' 'फरेब-ए-इश्क़', जो कि 1845- 1847 ई० में लिखी गई।

22 इस्लामी स्वर्ण युग के दौरान अरबी में संकलित मध्य पूर्वी लोक कथाओं का एक संग्रह है।

23 'जलालुद्दीन रूमी' इनकी 'मसनवी' को क़ुरआनी पहलवी भी कहते हैं. इसमें 26600 दो-पदी छंद हैं।

जी चाहता था कि मौलाना को खूब बताऊँ मगर मैंने यह उचित न समझा, और कुछ सवाल करके उनको छोड़ दिया। अब आग़ा शोरिश काश्मीरी वल्द आग़ा निजाम उद्दीन एडिटर “हिस्सादार”, “चट्टान” मूंछों के अन्दर मुस्कुराहटें बिखेरते हुए तशरीफ़ लाए। मेरी तरफ देख कर आप खुल के मुस्कुराए और बयान देना शुरू किया।

आपने फरमाया- “जहाँ तक मेरे ज्ञान और अनुभव का सम्बन्ध है, मैंने ‘ठंडा गोश्त’ से अच्छा अनुभव नहीं किया। मैं जिस समाज और घराने से सम्बन्ध रखता हूँ, उसकी दृष्टिगत मैं ऐसी कहानी को अपने पत्र में प्रकाशित नहीं करूँगा। मेरी विचारधारा इसे स्वीकार नहीं करती है।”

एक सवाल का जवाब देते हुए आग़ा साहब ने कहा- “इससे बदचलनी को बढ़ावा मिलता है उन लोगों को जिनका स्वभाव विशेष रूप से अभिचार हो”

हमारी तरफ से आग़ा साहब से कोई बहस नहीं की गई- अबु सईद बज़्मी एडिटर “एहसान” लाहौर पेश हुए तो आपने कहानी को आचरण विरुद्ध बताया, उन्होंने कहा- “कहानी अर्थ और वास्तविकता के कारण आपत्तिजनक है।”

मैंने बज़्मी साहब से पूछा- “क्यूँ श्रीमान यह बताएं क्या इस अदालत में आपके खिलाफ मानहानि का मुक़दमा चल रहा है?” आप ने जब “जी हाँ” कहा तो मजिस्ट्रेट साहब ने अचरज से पूछा –“मेरी अदालत में........” बज़्मी साहब ने फिर जवाब दिया –“जी हाँ”। मजिस्ट्रेट साहब कलम से सर खुजा कर पाइप सुलगाते हुए अपने काम में व्यस्त हो गए।

अंतिम गवाह अदालत की तरफ से पेश हुए, डॉक्टर तासीर साहब, प्रिंसिपल इस्लामिया कॉलेज, लाहौर। आप ने अपने बयान में कहा – “कहानी साहित्यिक दृष्टि से दोषपूर्ण है लेकिन है साहित्यिक। चिन्हित किये

हुए शब्द कुछ इस कहानी के लिए आवश्यक हैं, कुछ अनावश्यक। कुछ शब्द ऐसे हैं जिनको अनुचित कहा जा सकता है। लेकिन मैं अश्लील इस लिए नहीं कहता कि शब्द अश्लील की परिभाषा से सम्बन्ध में स्पष्ट नहीं हूँ। मेरे विचार में जिन लोगों की रूचि दुराचार की है, उनके लिए यह कहानी में यौन उत्तेजना है। जिस व्यक्ति की रूचि में दुराचार न हो उसे इस कहानी से यौन घृणा होगी। 'ठंडा गोश्त' का अर्थ मुर्दा लड़की है। मैं इस कहानी को एक सामान्य यौन कहानी समझता हूँ, यह यौन स्वभाव दूषित नहीं करती।"

अदालत की तमाम कार्यवाही ख़त्म हुई। अप फ़ैसला शेष था जो मियाँ A.M सईद साहब अदालती कार्यवाही के दौरान कई बार जबानी सुना चुके थे। शैख़ ख़ुर्शीद अहमद को यकीन था कि हम सब को जुर्माना होगा। फ़ैसले की तारीख सोलह जनवरी (यही साल) तय हुई। नसीर अनवर बिलकुल बे-परवाह था। सारी सुनवाई के दौरान में वो हँसता मुस्कुराता रहा। आरिफ अब्दुल मतीन किन्तु सारा वक़्त बहुत परेशान रहे। उनकी इस परेशानी का कारण यह भी था कि उनके पिता बहुत भयभीत थे।

जब बचाओ पक्ष की गवाहियाँ ख़त्म हुई थीं तो मैं ने अपना लिखित बयान दाखिल किया था, उसे पढ़ कर मुझे अच्छी तरह याद है मजिस्ट्रेट साहब ने फ़रमाया था- "बयान ही आरोपी को सज़ा देने के लिए काफी है।"

यह बयान निम्न है-

"मैं कहानी 'ठंडा गोश्त' मासिक पत्रिका 'जावेद' का कहानीकार हूँ, जो अभियोग के निकट उत्तेजित और अश्लील है। मुझे इससे आपत्ति है। यह कहानी किसी भी दृष्टि से ऐसी नहीं है।"

अश्लीलता के सम्बंधित बहुत कुछ कहा जा सकता है, मगर यह एक निर्धारित बात है कि 'साहित्य' कभी भी अश्लील नहीं हो सकता। कहानी 'ठंडा गोश्त' को अगर साहित्य की सीमा से बहार कर दिया जाए तो उसके अश्लील होने या न होने का सवाल उत्पन्न हो सकता है। मगर यह कहानी एक साहित्यकार की रचना है। जो नवीन साहित्य में अधिक महत्वपूर्ण है। इसका सबूत इसकी रचनाएं हैं और वो कहानी हैं जो लगभग हर साहित्यिक पत्रिका में इस विधा पर प्रकाशित हुई हैं।

इससे पहले तीन बार कुछ कहानियों के बारे में शक हुआ था कि वो अश्लील हैं। लेकिन मुझ पर मुक़दमें चले। सजाएं हुई, लेकिन अपील करने पर हर बार सेशन कोर्ट में मुझे और मेरी कहानियों को अश्लीलता के आरोप से बरी किया गया।

मेरे एक मुक़दमे के सम्बन्ध में मिस्टर A.M भाटिया एडिशनल सेशन जज के फ़ैसले के यह शब्द ध्यान देने योग्य हैं-

" ध्यान देने वाली बात है कि ऐसे व्यक्ति आरोपी के बचाव में पेश हुए हैं, जो उर्दू भाषा के जानकार होने में बहुत प्रसिद्ध हैं। उदहारणत: खान बहादुर अब्दुल रहमान चुगताई, मिस्टर K.L कपूर, प्रोफेसर DAV कॉलेज, राजिंदर सिंह बेदी और डॉक्टर आई० लतीफ़ प्रोफेसर F.C कॉलेज, जो गवाहान पेश हुए। इन सब की राय है कि कहानी (बू) में ऐसी कोई चीज नहीं है जो यौन उत्तेजना उत्पन्न करे। बल्कि इन लोगों का कहना है कि कहानी प्रगतिशील है और उर्दू साहित्य के मॉडर्न रुझान से सम्बन्ध रखती है। चूँकि अभियोग के गवाह नंबर चार बशीर ने बहस के समय स्वीकारा है कि यह कहानी इंसान के स्वभाव पर दुष्ट प्रभाव नहीं डालती है।"

निचली अदालत ने हिन्दुस्तानी युवाओं की भोग-विलास प्रवृत्ति का ज़िक्र करते हुए अफ़सोस किया है और इस बात पर मर्म किया है कि देश

में हिन्दुस्तानियों का पुराना करेक्टर धूमिल हो रहा है। (निचली अदालत के विद्वान जज) ने वो खूबियाँ भी याद करायीं हैं, जिनके लिए हम हिन्दुस्तानी कभी मशहूर थे। और नसीहत की है कि नये फेशनों को ख़त्म कर देना चाहिए।

ज्ञात होता है कि निचली अदालत के विचार प्रगतिशील नहीं हैं। हमें जमाने के साथ-साथ चलना है। हसीन चीज हमेशा बनी रहने वाली ख़ुशी है। आर्ट जहाँ भी मिले हमें उसकी कद्र करनी चाहिए। भले ही आर्ट तस्वीर की सूरत में हो या स्मारक की शक्ल में। सोसाइटी के लिए निश्चित तौर पर एक सोगात है। चाहे इसका विषय खुला ही क्यूँ न हो। यही तरीका लेखकों के लिए भी अच्छा है।

जब देश के प्रसिद्ध व प्रख्यात आर्टिस्टों और साहित्यकारों ने आरोपियों के पक्ष में हक कहा है, सारा फ़ैसला यहीं हो जाता है। विचाराधीन कहानी ऐसी नहीं है कि जिस पर किसी अदालत में नुक्ता-चीनी की जाए। इस लिए मुझे अपील मंज़ूर करने में कोई असमंजस नहीं। जुर्माना अदा किया गया है तो वापस किया जाए। मैं अपील करने वालों को बरी करता हूँ।"

इस फ़ैसले से यही परिणाम निकलता है कि आर्ट अश्लील नहीं हो सकता है और किसी साहित्यिक रचना पर किसी अदालत में नुक्ता-चीनी नहीं की जानी चाहिए।

कोई साहित्यिक रचना गुणवत्ता पूर्ण या गुणवत्ता रहित हो सकती है। इस लिए कि आर्टिस्ट हो सकता है अपना गुण निर्धारित न रख सके। कहानीकार की हर कहानी उत्तम नहीं हो सकती।

'ठंडा गोश्त' के स्टैण्डर्ड के बारे में कहा-सुना जा सकता है। यह कहा जा सकता है कि यह कहानी दूसरी कहानियों के बराबर का नहीं है। यह काम साहित्यिक शोधकर्ताओं का है।और उन्हें इस बात का हक है कि

वो जांचें परखे। मगर इस कहानी पर किसी भी सूरत में अश्लीलता का आरोप नहीं लगाया जा सकता है। इस लिए कि कहानीकार की तरफ से कथा साहित्य अच्छा बुरा जैसा भी है एक वृद्धि है। लेकिन इस सूरत में कि मुझे अपनी पोजीशन साफ़ करनी है। आइये हम इस कहानी को अच्छी तरह जाँचें कि इसमें अश्लीलता का कोई पहलु निकलता है या नहीं।

कहानी 'ठंडा गोश्त' जैसा कि स्पष्ट है कि एक कहानी है। जिसकी पृष्ठभूमि तो बीते समय में हुए दंगे हैं। लेकिन वास्तविक रूप से जिसका आधार मानव मनोविज्ञान पर आधारित है।और मानव मनोविज्ञान का "यौन" से चोली दामन का साथ है।

कहानी में दो पात्र हैं – 'ईशर सिंह' और 'कुलवंत कौर'। दोनों ठेट गंवार सिख हैं। जब कुलवंत कौर महसूस करती है कि ईशर सिंह बदल गया है।उसके प्यार में पहली से बात नहीं रही। वो उससे बेरुखी बरत रहा है। किसी और औरत से उसने नाता जोड़ लिया है। अस्ल बात यह थी कि सरदार ईशर सिंह एक जबरदस्त मनोवैज्ञानिक क्रिया परिवर्तन का शिकार था। वो लूट मार के समय में नरसंहार करने के बाद एक युवा मुस्लिम लड़की को उठा लाया था। मगर जब उसने देखा तो उसे ज्ञात हुआ कि लड़की भय से उसके कंधों पर ही मर चुकी थी। और उसके सामने एक ठंडी लाश पड़ी थी। ठंडा गोश्त का लोथड़ा। उसका ईशर सिंह को कुछ ऐसा जबरदस्त एहसास हुआ कि वो मनोवैज्ञानिक रूप से बेकार हो गया।

यह बात यहाँ ध्यान देने वाली है कि नरसंहार ने और लूट मार ने ईशर सिंह पर कोई असर नहीं किया था। उसने कई इंसानों को मौत के घाट उतारा था। मगर उसकी आत्मा पर एहसास की एक हलकी सी खराश भी न आई थी। लेकिन जब उसने लड़की की ठंडी लाश को देखा तो इस घटना ने उसे बदल कर रख दिया।

कहानी 'ठंडा गोश्त' के अन्दर जो भी है वो स्पष्ट है कि अश्लील नहीं है। शीर्षक ही एक मुख्य सुबूत है।

ईशर सिंह का बात करने का तरीका उसका अपना है। हजारों लोग दैनिक जीवन में वो शब्द प्रयोग करते हैं जो कहानीकार ने उसके मुंह से कहलवाए हैं।उसका आचरण अप्राकृतिक नहीं।इसी तरह कुलवंत कौर के सम्बन्ध में कहा जा सकता है।

अभियोजन के विद्वान वकील ने विशेष रूप से इन बात पर बल दिया है कि ईशर सिंह के संवाद में गालियाँ प्रयोग की गई हैं। मैं यहाँ गाली के मनोविज्ञान पर बहस नहीं करूंगा। मगर यह एक खुली हुई हकीकत है कि वो शब्द जो अभियोजन के वकील के निकट गाली हैं वास्तव में गाली नहीं हैं।

'साला' हमारे यहाँ बहुत बड़ी गाली मानी जाती है। लेकिन बम्बई में शब्द 'साला' कोई महत्त्व नहीं रखता। आम बात-चीत में आपको वहाँ ऐसे कई वाक्य सुनने में आएंगे।

"हमारा बाप साला बड़ा अच्छा आदमी था।"

"साला हमसे सटीक हो गया।"

"साला कैसी बात करता है।"

माँ बहन की गाली यू०पी० और पंजाब में आम बोलचाल में प्रयोग होती है। और किसी के कान खड़े नहीं होते । ख़ास गाली अक्सर लोगों का तकिया कलाम बन जाती है। ईशर सिंह भी कुछ गालियों को तकिया कलाम के रूप में प्रयोग करता है। इस लिए अभियोजन के विद्वान वकील का इस बिंदु पर बल देना बिलकुल बेकार है।

इसके अलावा यह महत्वपूर्ण बात भी सामने रखनी चाहिए कि ईशर सिंह जैसे उजड़ गंवार आदमी से विनम्रता की उम्मीद कैसे की जा

सकती है। उसके मुंह में अगर कहानीकार ने सभ्य और विनम्र शब्द डाले होते तो कहानी में यथार्थ का अंत हो जाता। बल्कि मैं तो यह कहूँगा कि कहानी एक बहुत ही भोंडी सूरत में होती, और आर्ट की सीमा से बहुत ही नीचे खुराफात के खण्डहर में गिर जाती।

सवाल यह है कि जो चीज जैसी है उसे वैसे ही क्यूँ न पेश किया जाए ? टाट को रेशम क्यूँ बनाया जाए ? गन्दगी के ढेर को खुशबू में क्यूँ बदला जाए ? हकीकत से बचना क्या हमें बेहतर इंसान बनने में मददगार हो सकता है ?.... कदापि नहीं......... फिर ईशर सिंह के पात्र और उसकी शैली पर आपत्ति क्या अर्थ रखती है ?

ईशर सिंह गंदा सही, कहानी का शीर्षक घिनावना सही। लेकिन क्या इसको पढ़ने के बाद हमें इंसानियत की वो तरंग दिखाई नहीं देती, जो ईशर सिंह के काले दिल में खुद उसका बुरा काम उत्पन्न करती है। और यह एक स्वस्थ चीज है कि इस कहानी का कहानीकार इंसानों और इंसानियत से निराश नहीं हुआ। अगर कहानीकार ने ईशर सिंह के दिल व दिमाग़ पर मनोवैज्ञानिक प्रतिक्रिया उत्पन्न न की होती तो निश्चित ही "ठंडा गोश्त" एक अत्याधिक व्यर्थ चीज होती।

मुझे अफ़सोस है कि वो कहानी जो इंसानों को बताती है कि वो इंसान से हैवान बन कर भी इंसानियत से अलग नहीं हो सकते अश्लील और उत्तेजक समझा जा रहा है। और यह व्यंग है कि कहानी में एक इंसान को उसकी रही सही इंसानियत एक बहुत बड़ी सज़ा देती है।

यह बात ध्यान देने योग्य है कि ईशर सिंह को अपनी चिरी हुई गर्दन का बिलकुल भी एहसास नहीं था। उसको आखरी सांस तक सिर्फ एक ही बात सताती रही कि वो एक ठंडी लाश को उठा लाया था।

फ्रांस के मशहूर उपन्यासकार फ्लौबेर्ट (Gustave Flaubert) की रचना मडाम बौवारी (Madame Bovary) पर अश्लीलता के आरोप में मुक़दमा चला तो बचाव वकील मोसिसो सिनार ने बहस के समय कहा-

"श्रीमान ! यह किताब अभियोजन वकील के अनुसार भावनाएँ भड़काती है। फ्लौबेर्ट के गहन अध्ययन और चिंता का परिणाम है। उसने अपने स्वभाव के माध्यम से ऐसे ही गंभीर लेखों की तरफ मोड़ा है। वो ऐसा आदमी नहीं है जिसके विरुद्ध वकील अभियोजन ने अपनी बहस आरोपों का ज़हर उगला है। मैं फिर दोहराता हूँ कि फ्लौबेर्ट के स्वभाव में अति गंभीरता और अत्यधिक दुःख भरा पड़ा है।"

मैं अपने सम्बन्ध में सिर्फ इतना कह सकता हूँ कि मैं एक शरीफ खानदान का व्यक्ति हूँ। संयोग से मेरा काम कहानी व संपादन है। अपने स्वभाव, शिक्षा व परवरिश जो मुझे मिली है उसके अनुसार मैंने आज तक सस्ता और शोकिया साहित्य पेश नहीं किया।जो उर्दू के आधुनिक साहित्य से जरा सा भी ज्ञान रखते हैं उनको मेरे साहित्यिक स्थिति की समझ है।

कहानी "ठंडा गोश्त" में "फ्लौबेर्ट" के स्वभाव की अत्यधिक गंभीरता शायद न हो, लेकिन इससे इंकार नहीं किया जा सकता है कि यह अत्यधिक दुःख से भारा पड़ा है।जब सवाल दुःख का हो तो अश्लीलता का सवाल ही कहाँ उत्पन्न होता है।

अब कहानी को इस दृष्टि से भी देखा जाए कि कहानीकार की नियत क्या है ? राय साहब लाला सगमत राम की अदालत में अपने कहानी "धुंवा" के सम्बन्ध में बचाव का बयान देते हुए मैंने कहा था-

"कहानी-वाचन में, शे'र व शायरी में, पत्थर तराशने व मूर्तिकार में अश्लीलता तलाश करने के लिए सब से पहले उनकी उमंग टटोलनी चाहिए,

अगर यह उमंग मौजूद है, अगर उसका एक भाग भी नज़र आ रहा है तो वो कहानी,वो भाषण, वो शे`र,वो मूर्ति वास्तव में अश्लील है।"

स्पष्ट है कि ऐसी कोई बात विचारधीन कहानी में नहीं है। मैं कहानी का विश्लेषण ऊपर कर चुका हूँ, जो यह साबित करने के लिए पर्याप्त है कि कहानीकार की मंशा में कोई फर्क नहीं था और उसने बस एक मनोवैज्ञानिक सच्चाई को उनके सही रूप में कहानी की सूरत में पेश किया है।

कहानी "ठंडा गोश्त" पढ़ कर अगर किसी साहब के ज़ज्बात कामुक हों तो उन्हें मनोचिकित्सक से मिलना चाहिए। कहानी "धुंवा" ही की सफाई के सिलसिले में, मैंने अपने बयान में कहा था-

"एक मरीज शरीर, एक बीमार सोच ही ऐसा गलत असर ले सकती। जो लोग आध्यात्मिक, मानसिक और शारीरिक रूप से स्वस्थ हैं, वास्तव में उन्ही के लिए शायर शे`र कहता है, कहानीकार कहानी लिखता है और कलाकार तस्वीर बनता है। मेरे कहानी स्वस्थ और सेहतमंद लोगों के लिए हैं। नार्मल इंसान के लिए, जो औरत के सीने को औरत का सीना ही समझते हैं, और उससे ज्यादा आगे नहीं बढ़ते। जो मर्द और औरत के रिश्ते को अचरज की दृष्टि से नहीं देखते। कहानी "ठंडा गोश्त" भी दूसरे साहित्यिक रचनाओं की तरह स्वस्थ दिमाग़ के लिए है। ऐसे दिमागों के लिए नहीं है , जो मासूम और स्वच्छ चीजों में कामवासना कुरेद लेते हैं।"

अगर कोई औरत लोहे की मशीन के कंपन्न से संभोग-सुख प्राप्त कर लेती है तो क्या उस लोहे की मशीन या उसके कंपन पर घटिया ज़ज़्बात कामुक करने का आरोप धरा जाएगा..... दुनिया में तो ऐसे लोग भी मौजूद हैं जो पवित्र ग्रंथों से भी यौन-सुख प्राप्त कर लेते हैं। मगर ऐसे लोगों का इलाज होना चाहिए।

मशहूर अमरीकी उपन्यासकार एरस्किन कैलडवेल (Erskine Caldwell) की रचना "गोड्स लिटिल एकर"(God's Little Acre) को अश्लीलता के आरोप से बरी करते हुए अदालत ने अपने फ़ैसले में लिखा-

"कहानीकार की मंशा एक सच्ची तस्वीर पेंट करनी थी। ऐसी तस्वीरों में कुछ आवश्यक विवरण का आ जाना निश्चित विषय है और क्यूँकि ऐसे विवरणों का अति सम्बन्ध जीवन के यौन संदर्भ में होता है, इस लिए इन्हें स्पष्ट रूप से बयान कर दिया जाता है। इस लिए अदालत यह आदेश जारी नहीं कर सकती कि ऐसी तस्वीरें बिलकुल बनाई ही न जाएँ........ पात्रों की भाषा निःसंदेह भद्दी और गन्दी है, मगर अदालत कहानीकार से अनपढ़ और अविनम्र लोगों के मुंह में मृदुल भाषा डाल देने का अनुरोध भी नहीं कर सकती।"

कहानी "ठंडा गोश्त" एक सच्ची तस्वीर है। इसमें कोई धुंधलापन नहीं है। बहुत ही सरलता से इसमें एक मनोवैज्ञानिक सच्चीई से पर्दा हटाया गया है। अगर इसमें कहीं गंदगी और भद्दापन है तो उसे कहानीकार के साथ नहीं बल्कि कहानी के पात्रों की मनोदशा के साथ जोड़ना चाहिए।

किसी कहानी के कुछ शब्द अगर चिमटे से उठाकर लोगों को दिखाए जाएँ कि यह अश्लील हैं तो उससे कोई सही अंदाज़ा नहीं होगा..... उन शब्दों को अलग अलग पेश करना अनुचित हो सकता है। बिलकुल इसी तरह जैसे ग़ालिब, मीर, अरिस्तोफनेस (Aristophanes), चासार (Chaucer) बल्कि पवित्र ग्रन्थ तक के कुछ भाग को दोष दिया जा सकता है। इस लिए किसी लेख को समझने के लिए उसे पूरी तरह से देखना पड़ेगा।

मुझे आखिर में यह कहने की इज़ाज़त दी जाए कि मुझे अत्यंत दुःख है कि अभियोजन की तरफ से मेरी रचना "ठंडा गोश्त" पर कोई साहित्यिक आलोचना नहीं हुई, अगर ऐसा होता तो मुझे दिली ख़ुशी

होती।कहानी में अगर कोई कलात्मक कमी रह गई थी, बयान में अगर कोई त्रुटि थी, शैली में अगर कोई दोष था तो मुझे उसका ज्ञान हो जाता और मैं कुछ प्राप्त करता। लेकिन मैं यहाँ आरोपियों के कटहरे में खड़ा हूँ और एक बहुत ही घिनावने आरोप का मुंह देख रहा हूँ कि मैंने अपनी रचना के माध्यम से कामुक ज़ज्बात उभारे हैं.... इसके खिलाफ मेरे दिल से विरोध के सिवा और क्या चीज निकल सकती है। हैरत है कि "ठंडा गोश्त" पढ़ कर पाठक का दिल ओ दिमाग़ डर और नफरत में होने के बजाए कामुकता में कैसे हो सकता है। और भी हैरत है कि ईशर सिंह को जो डरावनी सज़ा मिली वो पढ़ने वाले के दिल ओ दिमाग़ में कामुक ज़ज्बात कैसे उत्पन्न कर सकती है।

सोलह जनवरी आ पहुँची। शेख़ सलीम बहुत परेशान था। इस परेशानी के कारण उसने ज्यादा पीना शुरू कर दी। नसीर अनवर अपने स्वभाव अनुसार बेपरवाह था। अजीज़ी आरिफ अब्दुल मतीन का गला पहले से ज्यादा सूख गया था। सोलह जनवरी की सुबह को पाँच सौ रूपये जेब में डाल कर मैं जिला कचहरी रवाना हुआ। शेख़ सलीम पहले से ही वहाँ मौजूद था। सुबह से पी रहा था। बोतल पतलून की जेब में थी। खुद बहुत चिंतित था लेकिन बार-बार मुझे तसल्ली देता था "भाईजान चिंता की कोई बात नहीं, सब ठीक होगा।" मैं सुन कर मुस्कुरा देता। इतने में नसीर अनवर और आरिफ अब्दुल मतीन भी आ गये। आरिफ ने मुझ से बड़े चिंतित स्वर में पूछा- "मंटो साहब ! आपका क्या ख्याल है, क्या होगा ?" मैंने जवाब दिया- "वोही होगा जो मंज़ूर-ए-ख़ुदा होगा"

मजिस्ट्रेट साहब आ चुके थे। मगर फैसला सुनाने के आसार दिखाई नहीं देते थे।ग्यारह बज गए, बारह बज गए। पानी पी-पी के हमारे पेट भर गए। मगर आवाज़ न पड़ी। इतने में मेरे एक मुख़बिर ने बताया कि फैसला तैयार है, मगर मियाँ A.M सईद उसमें शायद कुछ बदलाव करना चाहते हैं।

थोड़ी देर के बाद पता चला कि मियाँ साहब ग़ायब हैं, अर्थात अपने कमरे में मौजूद नहीं हैं, और यह कि उन्होंने सुबह से किसी मुक़दमें को हाथ तक नहीं लगाया। एक साहब ने यह कहा कि वो बहुत परेशान हैं। मतलब जितने मुंह उतनी बातें। थोड़ी देर के बाद मुख़बिर पक्की ख़बर लाया। एक तरफ ले जाकर उसने मुझ से कान में कहा- "मैं फैसला देख आया हूँ....जल्दी जल्दी में देखा है सिर्फ कुछ अंतिम पंक्तियाँ। आपको निश्चित सज़ा होगी और जुर्माना भी ..... आपके नाम के आगे यह लिखा था "And Sentence him to undergo" उसके आगे जगह खाली थी।दूसरे आरोपियों को सिर्फ जुर्माना होगा। मैं जाता हूँ और जमानतियों का बंदोबस्त करता हूँ।"

मैं सोचने लगा – सज़ा कितनी होगी ? एक माह की, दो माह की या कुछ दिनों की ? मैंने किसी से बात न कही। लेकिन शैख़ ख़ुर्शीद साहब को सब कुछ बता दिया।आप ने उसी समय ज़मानत के काग़ज़ तैयार कर लिए और मुझसे कहा- "घबराइए नहीं मंटो साहब ! सज़ा ज्यादा से ज्यादा दस-बारह दिन की होगी।" लेकिन फिर कुछ सोच कर चिंतित स्वर में कहा- "लेकिन ऐसा न हो ज़मानत लेने से इंकार कर दे।" यह सुनकर मुझे बहुत चिंता हुई क्यूँकि मजिस्ट्रेट साहब का स्वभाव शुरू से ही विरोधी रहा था। लेकिन कुछ कहा भी तो नहीं जा सकता। खामोश दिल ही दिल में परेशान होता रहा। आखिर मुझसे न रहा गया और मैंने शैख़ सलीम को सारी बात बता दी। मेरे दिल का बोझ तो कुछ हल्का हो गया, मगर शैख़ बेचारा और ज्यादा परेशान जो गया। लेकिन तसल्ली देते हुए मुझसे कहा- "कुछ चिंता न करो भाईजान .... मैं टेक्सी लेकर वहाँ जेल में पहुँचूंगा .... रुपय्या सब कुछ कर सकता है। आपको कोई तकलीफ नहीं होगी। मैं ऐसे मामले निपटाना जानता हूँ.... मेरा ख्याल है आप इस समय एक बड़ा पेग लगा लीजिये।"

मैंने कहा-"नहीं शैख़ साहब .....शाम को," तो शैख़ साहब ने कहा- "आप निश्चित रहें मैं वहाँ पहुँचा दूँगा।" यह सुन कर मुझे अचानक हँसी आ गई...... एक बज चुका था। शैख़ सलीम, नसीर अनवर और मैंने गोवर्मेंट कॉलेज के हॉस्टल के सामने घास के मैदान पर बैठ कर "आलू छोले" खाए और इस ध्यान से कि कहीं आवाज न पड़ जाए। जल्दी लौट आये और फ़ैसले का इंतज़ार करने लगे। नसीर अनवर और आरिफ अब्दुल मतीन से मैंने इशारों में कई बार कह दिया था कि वो जुर्माने का बंदोबस्त कर लें, ताकि वक़्त पर परेशानी का सामना न करना पड़े..... शैख़ सलीम पी-पी कर स्कीमें सोच रहा था कि वो जेल में मुझ तक कैसे पहुँचेगा, और मेरी सुविधा की व्यवस्था किस प्रकार से करेगा।

अजीज़ी मुश्ताक अहमद अपने एक अमीर मित्र शरीफ साहब को मेरी ज़मानत के लिए पकड़ लाए थे। यह बेचारे भी हमारी तरह खड़े बोर हो रहे थे। शैख़ सलीम को गुस्सा था कि जब वो मौजूद है तो कोई और ज़मानत देने के लिए क्यूँ लाया गया। मैंने उनसे कहा- "शैख़ साहब ! अगर आपको ज़मानत देने का शोक है तो दो आरोपी और हैं।" शैख़ साहब उस समय अच्छे मूड में थे। मेरी यह बात सुन कर मुस्कुरा दिए और एक पेग और चढ़ा कर स्कीमें सोचने में खो गए। उनको इस बात की बहुत चिंता थी कि मंटो की शाम खराब हो जायेगी।

पाँच बज गए। चिंता और परेशानी बढती गई। नसीर बिलकुल बेपरवाह था। जैसे कुछ होने वाला नहीं। उसकी यह बेपरवाही ईर्ष्या योग्य थी। आरिफ अब्दुल मतीन का गला अब इतना सूख चुका था कि उसने बोलना बंद कर दिया था..... साढ़े पाँच हुए तो हमें बुलाया गया। तत्काल शैख़ ख़ुर्शीद साहब को सूचित किया गया। वो भागे-भागे आये। हम सब अदालत में हाज़िर हुए। मियाँ A.M सईद दाँतों तले कलम दबाए, सामने मेज पर

फ़ैसले के काग़ज़ रखे सोच में डूबे हुए थे। मियाँ ख़ुर्शीद के चेहरे से साफ़ दिख रहा था कि वो बहुत परेशान हैं। मेरा दिल ज़ोर-ज़ोर से धड़क रहा था। शैख़ सलीम का रंग पीला था। आरिफ अब्दुल मतीन बार-बार होंटों पर सूखी ज़बान फेर रहा था........ नसीर अनवर उसी तरह बेपरवाह था।

प्रेस रिपोर्टर मौजूद थे, काग़ज़ पेंसिल लिए हुए वो बड़ी उत्सुकता से फ़ैसले का इंतेज़ार कर रहे थे कुछ समय बिलकुल शान्ति रही। उसके बाद मियाँ A.M सईद साहब खंकारे... दाँतों की क़ैद से कलम को आज़ाद किया, निप को रोशनाई दिखाई, फ़ैसले के काग़ज़ उलट पलट किये और बहुत सोच समझकर एक काग़ज़ पर रिक्त स्थान भरे..... उसके बाद मेरे बारे में अपना फ़ैसला सुनाया.... तीन महीने क़ैद बमशक्क़त और तीन सौ रुपये जुर्माना....... जुर्माना अदा न करने पर इक्कीस दिन और क़ैद बमशक्क़त..... शैख़ सलीम का रंग और ज्यादा पीला हो गया। उसने निगाहों ही निगाहों में मुझे तसल्ली दी। जैसे यह कह रहा हो “कुछ चिंता न करो मैं वहाँ जेल में जरूर पहुँचुंगा।”

मैं यह सोचने लगा था कि मजिस्ट्रेट ज़मानत स्वीकार करेगा या नहीं.... थोड़े अंतराल के बाद मियाँ A.M सईद ने दूसरे रिक्त स्थान भरे और शेष दो आरोपियों के बारे में फ़ैसला सुनाया.... तीन-तीन सौ रूपये जुर्माना.... जुर्माना अदा न करने पर इक्कीस दिनों की क़ैद बमशक्क़त। मैंने जुर्माना जमा कर दिया। शैख़ ख़ुर्शीद साहब ने ज़मानत के काग़ज़ पेश किए तो मियाँ A.M सईद ने कहा- “मैं अगर ज़मानत स्वीकार करता हूँ तो सज़ा का अर्थ ही समाप्त हो जाता है।” मियाँ ख़ुर्शीद साहब ने तर्क किया “आप का कहना सही है। आरोपी ने जुर्माना जमा कर दिया है, जो अपील स्वीकार होने पर निश्चित ही वापस मिल जायेगा। लेकिन दो-तीन दिन जो ज़मानत होने से पहले मेरा

मुअक्किल जेल में कटेगा, अपील स्वीकार होने पर क्या उसे वापस मिल जायेंगे?"

तर्क बहुत उचित था, फिर भी मियाँ A.M सईद कुछ देर अड़े रहे। आख़िर में कृपा की और मेरी ज़मानत स्वीकार कर ली। आरिफ अब्दुल मतीन साहब के वालिद ने उनका जुर्माना अदा कर दिया। अब रह गए नसीर अनवर, उनसे पूछा गया तो उन्होंने बड़ी बेपरवाही से से कहा "मेरे पास तो फिलहाल कुछ नहीं है।" मजिस्ट्रेट साहब ने आदेश दिया हथकड़ी लगाओ और जेल भेज दो। नसीर अनवर इसी तरह खामोश खड़ा रहा। मेरे पास दो सौ रूपये मौजूद थे। चौधरी नज़ीर, मालिक 'नया इदारा' से मैंने कहा एक सौ रूपये का बंदोबस्त कर दें, मगर उनसे न हो सका। सिपाही हथकड़ी लिए नसीर की पीठ पीछे खड़ा था। उनकी झंकार अदालत के कमरे में गूँज रही थी। बाहर पुलिस वेन थी। अर्थात सभी ज़रूरी सामान मौजूद थे। आख़िर ख़ुर्शीद साहब ही काम आए। आप ने मियाँ A.M सईद साहब से अत्यंत उचित शब्दों में सादर निवेदन किया कि वो नसीर साहब की ज़मानत ले लें। जुर्माने का रुपया कल सुबह जमा कर देंगे। मजिस्ट्रेट साहब ने यह निवेदन स्वीकार कर लिया। अब जमानतियों की समस्या थी। शैख़ खुर्शीद साहब ने पूछा "इनकी ज़मानत कौन देगा।" कोई आगे न बढ़ा। अचानक शैख़ सलीम ने, जो अब तक नशे में धुत हो चुके थे, शैख़ खुर्शीद साहब से मदहोश ढंग में कहा "नसीर साहब की ज़मानत में देता हूँ।" मेरा दिल धड़कने लगा, अगर अदालत को मालूम हुआ कि शैख़ साहब पिए हुए हैं तो उनकी ज़मानत कौन देगा... मुझे यकीन था कि वो ज़रूर धर लिए जायेंगे और सारा मामला चोपट हो जाएगा... मैं इसी डर के मारे कमरे से बहार चला गया। बार-बार अन्दर झाँक कर देखता कि शैख़ सलीम गिरफ़्तार हुए या नहीं, लेकिन ठीक रहा, नसीर अनवर की ज़मानत

हो गई.... शैख़ साहब झूमते हुए बाहर निकले और मुझे गले लगा कर रोने लगे, "अल्लाह मियाँ ने मेरे भाई को बचा लिया।" यह कह कर आपने जेब से बोतल निकाल कर एक घूँट भरा जो आखरी था, "चलो भाई चलें, कहीं दुकान बंद न हो जाए।"

नसीर अनवर बहुत आभारी व शुक्रगुजार था। बार-बार शैख़ सलीम का शुक्रिया अदा करता था। शैख़ साहब ने उससे कहा "शुक्रिया अदा करने की कोई ज़रूरत नहीं है, मैंने अपना फ़र्ज़ अदा किया हा आप मेरे दोस्त के दोस्त हैं।"

अब सेशन में अपील दायर करने की तैयारियाँ शुरू हुईं। मियाँ A.M सईद के फ़ैसले की प्रतिलिपि लेने के लिए आवेदन किया। जब प्रतिलिपि न मिली तो आवेदन के साथ "पहियें" लगाए.... प्रतिलिपि मिल गई। मियाँ साहब का फ़ैसला अंग्रेजी में था। उर्दू (हिंदी) में उसका अनुवाद निम्न है-

> "फ़ैसला:- उर्दू पत्रिका बनाम 'जावेद' के एडिटर आरिफ अब्दुल मतीन और उनके पब्लिशर नसीर अनवर को साथ एक कहानीकार सआदत हसन मंटो का मेरे पास मुक़दमा दफ़ा 292 PPC के तहत भेजा गया है। आरोपी के विरुद्ध यह आरोप है कि वो एक अश्लील कहानी जिसका शीर्षक 'ठंडा गोश्त' है का कहानीकार है, और उपरोक्त पत्रिका के एक विशेषांक में प्रकाशित हुई है। अन्य आरोपियों के विरूद्ध यह आरोप है कि उन्होंने इस कहानी को उपरोक्त अनुसार प्रकाशित करने का जुर्म किया है।
>
> पत्रिका 'जावेद' का विशेषांक मार्च 1949 ई० में प्रकाशित हुआ था । यह सय्यद ज़ियाउद्दीन, अनुवादक

प्रेस ब्रांच, पंजाब सरकार के संज्ञान में आया, जो इस मुक़दमें में गवाह अभियोजन के रूप में पेश हुए हैं। उनका यह दायत्व है कि वो किसी भी छपी हुई सामग्री में कोई अश्लीलता पाए तो उसे पंजाब सरकार को अवगत कराए। उनके अनुसार उपरोक्त एडिशन में प्रकाशित कहानी जिसका शीर्षक 'ठंडा गोश्त' है अश्लील थी। इस लिए उसने पंजाब सरकार का ध्यान इस ओर आकर्षित किया और कानूनी कार्यवाही के लिए कहा। इस कहानी के विशेषांक में प्रकाशन से इंकार नहीं किया गया और न ही पहले दोनों आरोपी, पत्रिका के संपादक व प्रकाशक होने के इंकारी हैं। अतः अब सवाल सिर्फ यह रह जाता है कि शीर्षक 'ठंडा गोश्त' अश्लील है या नहीं।

अभियोजन ने पत्रिका के विशेषांक को प्रस्तुत किया, जो रिकॉर्ड में (Ex.P.F.) की हैसियत से दर्ज किया गया है। कहानी जो कि इस प्रयत्न का विषय है, इस अंक के पृष्ठ 88 से 93 तक छपी है। मैंने बहुत ही ध्यान से इस कहानी को पढ़ा। जो विषय की चित्रण करती है और देखा कि इस में अपशब्द और गालियों का प्रयोग किया गया है। मैंने यह भी अनुभव किया कि इस कहानी में कई जगह अश्लीलता दिखाई गई है और गंदे इशारों का जगह-जगह ज़िक्र मिलता है। यह सुनिश्चित करने के लिए कोई रचना उदहारण के लिए यह कहानी अश्लील है या नहीं,

आवश्यक है कि पैमाना तय कर लिया जाए ताकि अश्लीलता की पहचान की जा सके।

3 Q.B. हिलकन रिपोर्ट 1868 ई० में इसी विषय पर एक चर्चित मुक़दमे में लार्ड कुकबोर्न सी०जे० ने पृष्ठ 360 में अश्लीलता का यह पैमाना तय किया था कि ऐसी आरोपित विषय-वस्तु, सामग्री जो लोगों के हाथों में आने पर अनैतिक व बद-चलनी की ओर दिशा दे तथा जिससे लोगों के दिल ओ दिमाग़ में अनैतिक प्रकार के भाव उत्पन्न होते हों। हिन्दुस्तान की सभी अदालतें हमेशा से इस पैमाने का अनुसरण करती रही हैं। इस पैमाने से यह स्पष्ट होता है कि कानून के अनुसार प्रचलित नग्नता उस माहौल से सम्बंधित है जिस में यह जाँची जानी चाहिए। वह बातें जो एक पाकिस्तानी की नैतिकता व आचरण को नुक्सान पहुँचाने वाली मानी जाए।

जहाँ तक एक फ़्रांसिसी का सम्बन्ध है, बिलकुल नुक्सान न पहुँचाने वाली समझी जा सकती है। हर समाज के अपने नैतिक पैमाने होते हैं और वो चीजें जो एक समाज की नैतिक ज़िम्मेदारी मानी जाती हैं किसी दूसरे समाज के अनुसार अनैतिक हो सकती हैं। इसी तरह अभिव्यक्ति का तरीका भी अलग-अलग समाज के लोगों पर अलग होता है। भले ही यह अभिव्यक्ति के विरुद्ध अनैतिक ही क्यूँ न हो। इस लिए चर्चाधीन कहानी के अश्लील या ग़ैर अश्लील होने का फ़ैसला पकिस्तान के निर्धारित आचरण नियमों की दृष्टिगत करना होगा और उस प्रभाव के अनुसार करना

होगा जो इस प्रकार की रचना समाज में रहने वाले लोगों के दिल ओ दिमाग़ पर डालेगी।

लार्ड कुकबोर्न का निश्चित किया हुआ पैमाना, मुकम्मल और स्पष्ट परिभाषा नहीं है। जैसा कि इसका भाव, इस बात को ज़ाहिर करता है कि यह मात्र एक 'पैमाना' है। इसके अलावा भी कुछ और पैमाने हो सकते हैं। इनमे से एक वह रुझान है (यह आरोपित कहानी में मौजूद है) जो पाठक नैतिक भावनाओं को ठेस पहुँचाता है। यह पैमाना भी पाठक के आचरण पर निर्भर है। अभियोजन ने शुरू में सिर्फ पाँच गवाह पेश किए और अपना केस बंद कर दिया।

अभियोजन के गवाह 1- मिस्टर मुहम्मद याक़ूब, मैनेजर कपूर प्रिंटिंग प्रेस, 2- शैख़ मुहम्मद तुफ़ैल, 4- मिर्ज़ा मुहम्मद असलम अभियोजन के पाँचवें गवाह 5- ख़ुदाबख्श ने उन बातों के सन्दर्भ में गवाही दी जिस का अश्लीलता से कोई सम्बन्ध नहीं। गवाह 3 सय्यद ज़ियाउद्दीन ने दूसरी बातों को बयान करने के अलावा अपनी राय दी कि चर्चाधीन कहानी अश्लील है। लेकिन रिकॉर्ड में कोई ऐसी सामग्री नहीं जिस से यह स्पष्ट होता हो कि यह गवाह, साहित्य विशेषज्ञ समझा जा सकता है। मेरे विचार में साक्ष्य नियम की दफ़ा 45 के सन्दर्भ में इस की गवाही स्वीकार्य नहीं है। इस लिए जहाँ तक अश्लीलता का सम्बन्ध है, अभियोजन पक्ष का मामला जैसा कि मूल रूप से प्रस्तुत किया गया है, खुद अदालत की राय और

कथित सामग्री के अवलोकन के बाद इसके गुण पर निर्भर करेगा।

आरोपी ने सात गवाहों को साहित्यिक मामलों के विशेषज्ञ के रूप में पेश किया। इन गवाहों की गवाही का उद्देश्य यह साबित करना था कि विचाराधीन कहानी अश्लील नहीं है। सुनवाई के अंत में, अभियोजन पक्ष ने अनुरोध किया कि मुद्दे के महत्व को देखते हुए कुछ और विशेषज्ञों को अदालत के गवाह के रूप में बुलाया जाए, और मैंने निष्पक्षता के लिए चार और विशेषज्ञों को अदालत के गवाह के रूप में बुलाया। बचाव पक्ष की ओर से या अदालत की ओर से पेश होने वाले अधिकांश विशेषज्ञों ने यह राय दी है कि विचाराधीन कहानी अश्लील है या नहीं। जैसा कि पहले कहा गया है, दंड संहिता में प्रयुक्त अश्लीलता शब्द का एक तकनीकी महत्व है, जिसे न्यायालय द्वारा निर्धारित किया जाना है। विशेषज्ञ गवाही भी उतनी ही महत्वपूर्ण है। जहाँ तक यह साहित्य के प्रचलित मानकों, अभिव्यक्ति की निपुणता, अश्लीलता, नैतिक या अनैतिक स्थिति और पाठकों के दिल ओ दिमाग़ पर कोई प्रभाव डालती है। इन मामलों से यह तय करना अदालत का काम है कि कोई चीज 'अश्लीलता' की कसौटी पर खरी उतरती है या नहीं।

बचाव पक्ष के गवाह (1) मिस्टर आबिद अली 'आबिद' (2) मिस्टर अहमद सईद (3) डॉ० खलीफा अब्दुल हकीम (4) डॉ० सईदुल्ला (5) फैज अहमद 'फैज'

(6) सूफी गुलाम मुस्तफा 'तबस्सुम' (7) डॉ० आई० लतीफ, यह सब ज्ञानी हैं। उनके अनुसार, क्योंकि कला जीवन का दर्पण है। इसलिए, कलाकार वास्तविक रूप से कुछ ऐसा प्रस्तुत करके अपने अधिकारों का अतिक्रमण नहीं करता है जो जीवन का सच्चा चित्रण हो। इसलिए वे इस बात को सही ठहराते हैं कि जीवन की यथार्थवादी अभिव्यक्ति अश्लील नहीं हो सकती। वे विचाराधीन कहानी की अश्लील भाषा और उसके अश्लील मुहावरों को भी आपत्ति योग्य नहीं समझते हैं। क्योंकि वे विभिन्न चरित्र के प्रकार के लोगों द्वारा बोली जाने वाली भाषण के प्रकार का प्रतिनिधित्व करते हैं। उनमें से कुछ ने कहा है कि विचाराधीन कहानी में पाठकों की नैतिकता को भ्रष्ट करने की कोई प्रवृत्ति नहीं है। इस बात पर कुछ लोग चुप रहे। अदालती गवाह (1) मौलाना ताजुर (2) आगा शोरिश कश्मीरी (3) मौलाना अबु सईद बज्मी (4) डॉ० तासीर भी इसी क़द के विद्वान हैं। इन गवाहों की गवाही इस बात पर प्रकाश डालती है कि विचाराधीन कहानी 'बुरा साहित्य' है और इसे अश्लील तरीके से प्रस्तुत किया गया है।

बचाव पक्ष के गवाह (7) डॉ० आई० लतीफ ने कहा कि यदि विचाराधीन कहानी किसी मेडिकल जर्नल में प्रकाशित होती तो यह एक शिक्षाप्रद केस हिस्ट्री होती, लेकिन एक लोकप्रिय सामान्य पत्रिका में जिसे हर व्यक्ति पढ़ सकता है, अनुचित प्रतीत होती है। बचाव पक्ष के

गवाह (5) कर्नल फैज अहमद 'फैज' का मानना है कि, हालांकि वे इसे अश्लील नहीं कह सकते, लेकिन यह कहानी साहित्य का अच्छा उदाहरण नहीं है। इसमें कुछ अभद्र भावों का प्रयोग किया गया है। जिससे बचा जा सकता था। अदालती गवाह नंबर (1) मौलाना ताजुर ने कड़े और स्पष्ट शब्दों में इसकी निंदा की और कहा कि अपने चालीस साल के साहित्यिक अनुभव में उन्होंने इससे ज्यादा अशोभनीय कुछ नहीं देखा। अदालती गवाह संख्या (4) डॉ० तासीर का मत है कि इसमें उन व्यक्तियों की नैतिकता भ्रष्ट होने की प्रवृत्त है जो कामुक लोभ की ओर आकर्षित होते हैं।

पाकिस्तान के प्रचलित नैतिक मानकों का पवित्र 'कुरान' की शिक्षाओं से बहुत सटीक पता लगाया जा सकता है। कहा जाता है कि अभद्रता और कामुकता की लगाम 'शैतान' के हाथ में होती है। निर्लज्जता, कामुकता, स्वार्थ और अश्लीलता जीवन के भाग में से है। यदि हम बचाव पक्ष के गवाहों द्वारा वर्णित साहित्यिक के मानक को स्वीकार करते हैं, तो जीवन के पहलुओं की यथार्थवादी अभिव्यक्ति अच्छा साहित्य हो सकती है लेकिन फिर भी हमारे समाज के नैतिक मानकों का उल्लंघन करती है। आरोपी सआदत हसन मंटो द्वारा लिखी गई कहानी में एक होनहार व्यक्ति के चरित्र को चित्रित किया गया है जो अपने प्रेमी से संभोग की मांग करता है, जिसे बहुत कामुक, क्रूर और कामुक तरीके से

दिखाया गया है। यौन अर्थों के साथ अश्लील भाषा का प्रयोग सामान्य रूप से किया गया है। स्त्री शरीर के कुछ छिपे हुए अंगों का उल्लेख यौन क्रियाओं के संबंध में बहुत ही अश्लील तरीके से किया गया है। पूरी कहानी एक अभद्र यौन संबंध के इर्द-गिर्द घूमती है। वास्तव में, कामुकता, अश्लीलता और अभद्रता इस कहानी की मुख्य अवधारणा है।

साहित्यिक और मनोवैज्ञानिक विशेषज्ञ कहानी पर एक निश्चित तरीके से प्रतिक्रिया कर सकते हैं। हालाँकि, मेरी राय में, एक अनियंत्रित नाबालिग के प्रति इस प्रकार की कहानी की प्रतिक्रिया अभिव्यक्ति, भाषण और विचारों में अभद्रता को प्रोत्साहित करने के लिए होगी। सआदत हसन मंटो जैसे स्वयंभू कहानीकार के उदाहरण को देखते हुए इस कहानी को पढ़ने वाला युवा भी इसी तरह अभद्रता को बल देगा। 'ठंडा गोश्त' शीर्षक वाली कहानी को ध्यान से पढ़ने के बाद, मैं संतुष्ट हूँ कि इसमें पाठकों की नैतिकता को भ्रष्ट करने की प्रवृत्ति है और यह हमारे देश के प्रचलित नैतिक मानकों का उल्लंघन करती है। इसलिए, मैं आरोपी सआदत हसन मंटो को अश्लील कहानी लिखने के लिए जिम्मेदार ठहराता हूँ, और उसे दफ़ा 292 PPC के तहत कड़ी सज़ा के साथ तीन महीने के कारावास और 300 रुपये के जुर्माने की सजा देता हूँ। जुर्माना नहीं भरने की स्थिति में उसे 21 दिन का अतिरिक्त कारावास भुगतना होगा।

आरोपी आरिफ अब्दुल मतीन और नसीर अनवर, जो स्पष्ट रूप से उस पत्रिका के संपादक और प्रकाशक हैं, जिसमें उपरोक्त कहानी प्रकाशित हुई है, एक अश्लील कहानी के सार्वजनिक प्रकाशन के दोषी हैं और इसी दफ़ा के अंतर्गत आते हैं। उनके मामले में, हालांकि, उनकी कम उम्र और इस तथ्य को देखते हुए कि कहानी के कहानीकार अत्यधिक साहित्यिक ख्याति के व्यक्ति है, उन्होंने इस विश्वास में कहानी को स्वीकार किया होगा कि यह स्वीकार्य साहित्य होगा। मैं इन दोनों के लिए नर्म सज़ा के तौर पर दोनों आरोपियों में से प्रत्येक के लिए तीन-तीन सो रुपये का जुर्माना लगाता हूँ, इस लिए कि यह न्याय की अनिवार्यताओं को पूरा करेगा।

अत: मैं तद्नुसार आदेश देता हूँ कि अर्थदंड का भुगतान न करने की स्थिति में आरोपी आरिफ अब्दुल मतीन और नसीर अनवर को कठोर कारावास के साथ 21 दिन के कारावास की सजा भुगतनी होगी।

हस्ताक्षर

A.M सईद

मजिस्ट्रेट- प्रथम

लाहौर

28 जनवरी 1950 को सेशन अदालत में अपील दायर की गई। तारीख मिलने पर हम 'मेहरुल हक साहब' सेशन जज, लाहौर की अदालत में पेश हुए। आप ने इस आधार पर कि आप मुझसे और मेरे परिवार से बहुत अच्छी तरह से परिचित हैं और एक ही शहर (अर्थात अमृतसर से) से हैं।

मुक़दमा मिस्टर जोशुआ अतिरिक्त सेशन जज की अदालत में स्थानांतरित कर दिया। जब हम दूसरी तारीख पर उपस्थित हुए, तो पता चला कि मिस्टर जोशुआ ने मुक़दमे को वापस मेहरुल हक साहब के पास भेज दिया। यह बहाना बनाकर कि वे उर्दू भाषा अच्छी तरह से नहीं जानते हैं। मेहरुल हक साहब ने विचार-विमर्श के बाद मुक़दमे को इनायतुल्ला खान साहिब को अतिरिक्त सेशन जज की अदालत को सौंप दिया। जब हम पेश हुए तो इनायतुल्ला खान ने हमारे वकील से कहा, "चूंकि यह मामला मेरे लिए अपनी तरह का पहला है, इसलिए मैं अच्छी तरह से अध्ययन करना चाहता हूँ। इसमें समय लगेगा, मैं आपको एक महीने के बाद की तारीख देता हूँ।"

शेख खुर्शीद अहमद ने कहा कि यह ठीक है, इसलिए बहस के लिए 10 जुलाई की तारीख तय की गई। शेख खुर्शीद साहब अदालत से बाहर आकर मुझसे कहा, "अच्छा है, इस बीच मैं भी अच्छी तरह से तैयारी कर लूँगा।" लेकिन उन्होंने आशंका जताई कि हमारा मामला गलत व्यक्ति के पास गया है, जो बहुत संकीर्ण सोच वाला है। दाढ़ी है। नमाज़-रोज़े का पाबंद है। मैंने कहा- "हटाइए, अगर यहाँ नहीं, तो इसे हाई कोर्ट में देखा जाएगा।" इस बीच, शेख खुर्शीद साहब ने अपने मार्गदर्शन के लिए मुझे कहा कि मैं अपनी कहानी 'ठंडा गोश्त' पर एक संक्षिप्त समीक्षा लिख दूँ। तो मैंने निम्नलिखित पंक्तियाँ लिख कर उन्हें दे दीं।

> इस प्रकार, कहानी स्पष्ट रूप से यौन मनोविज्ञान के एक बिंदु के इर्द-गिर्द घूमती है, लेकिन वास्तव में, मनुष्य को एक बहुत ही अच्छा संदेश दिया गया है कि वह क्रूरता और क्रूरता की चरम सीमा तक पहुँचने के बाद भी अपनी मानवता नहीं खोता है।यदि ईशर सिंह अपनी मानवता खो चुका होता, तो मरी हुई औरत की भावना ने

उसे कभी इतना प्रभावित नहीं किया होता कि वह अपनी मर्दानगी खो देता। मनोवैज्ञानिक रूप से उपयुक्त और यथार्थवादी इस तरह के एक गहन प्रकार के प्रभाव को दिखाने के लिए, यह आवश्यक था कि ईशर सिंह को सामान्य पुरुषों की तुलना में यौन रूप से प्रबल बताया जाता, इसलिए कहानीकार ने कहानी में जगह-जगह अपनी कलम के अनुसार पर्याप्त ऐसा किया है।

ईशर सिंह के चरित्र के यौन पहलू को और उजागर करने के लिए और इस तरह पाठक के लिए उसके दुखद अंत को स्वीकार्य बनाने के लिए, कहानीकार ने 'कुवलंत कौर' का अभिनय प्रस्तुत किया है, जो खुद ईशर सिंह की तरह, सामान्य महिलाओं की तुलना में अधिक कामुक है। यदि ईशर सिंह एक साधारण पुरुष होता, इसी प्रकार यदि कुलवंत कौर एक साधारण महिला होती, तो निश्चित रूप से कहानी 'ठंडा गोश्त' का अंत कुछ ओर ही होता। एक सामान्य पुरुष पर, जिसने एक सामान्य महिला के साथ यौन संबंध बनाए हैं, एक लड़की के ठंडे शरीर का वह मनोवैज्ञानिक प्रभाव कभी नहीं हो सकता है जो ईशर सिंह ने अपनी ऊर्जावान यौन चरित्र के कारण महसूस किया था। और इतनी दृढ़ता से महसूस किया कि उसने इसके नीचे दब कर अपनी मर्दानगी खो बैठा।

वासना एक उग्र जुनून है। यदि किसी व्यक्ति में यह जुनून जाग्रत हो जाता है, तो उसके शरीर में गर्म रक्त

प्रवाहित होता है। उसका तापमान बढ़ जाता है। उसका दिल ओ दिमाग़ तप जाता है। विचाराधीन कहानी का शीर्षक 'ठंडा गोश्त' है। स्पष्ट है कि यह शीर्षक, जिसका अर्थ में ठंडा है, पाठक के दिल ओ दिमाग़ में किसी भी तरह की गर्मी उत्पन्न नहीं कर सकता।

अगर कोई महिला यौन रूप से कमजोर है, तो हम उसे 'ठंडी औरत' कहते हैं, अर्थात ऐसी महिला जो किसी पुरुष में यौन इच्छा नहीं जगा सकती। कहानी 'ठंडा गोश्त' में क्लाइमैक्स उत्पन्न करने वाली एक लड़की की ठंडी लाश है। एक ऐसी ठंडी लाश जो ईशर सिंह जैसे कामुक पुरुष की पूरी मर्दानगी पर गिरती है और उसे जमा देती है। हम अच्छी तरह से कल्पना कर सकते हैं कि 'ठंडा गोश्त' पढ़ने वाले पाठकों पर जो निश्चित रूप से ईशर सिंह जैसे भावुक कामुकतावादी नहीं हो सकते, इस कहानी ने किस प्रकार का प्रभाव डाला होगा...... सफाई के गवाह डॉ० सईदुल्ला M.A, LLB, P.hD, DSC ने अपने संक्षिप्त लेकिन प्रबल शब्दों में वर्णन किया है-

"कहानी ठंडा गोश्त पढ़ने के बाद मैं खुद ठंडा गोश्त बन गया।"

जहाँ तक नार्मल व्यक्तियों का संबंध है, हम सुरक्षित रूप से कह सकते हैं कि इस कहानी को पढ़ने के बाद ठीक इसी तरह प्रतिक्रिया देंगे। यह अलग बात है कि वे डॉ० सईदुल्ला साहब की तरह अपनी भावनाओं को व्यक्त नहीं कर सकें...... अब-नार्मल व्यक्तियों के बारे में कुछ

नहीं कह सकते, क्योंकि ऐसे लोग भी हैं जो लाशों के साथ शारीरिक सम्बंध बना सकते हैं।

'ठंडा गोश्त' में स्त्री-पुरुष के यौन सम्बन्धों को कहीं भी रुचिकर ढंग से प्रस्तुत नहीं किया गया है। पहली बात, क्योंकि ऐसी शैली कल्पना के उद्देश्य के विपरीत थी। दूसरी बात, क्योंकि कहानी का लेखक कोई 'अश्लील कहानीकार' नहीं है। 'ठंडा गोश्त' कोई यौन आसन प्रस्तुत नहीं करता, रुकावट का नुस्खा नहीं बताता। किसी छिपी हुई छवि की झलक नहीं दिखाता। 'ठंडा गोश्त' एक ऐसे व्यक्ति की दर्दनाक तस्वीर है, जिसमें उसके चरित्र की तमाम भयावहताओं के बावजूद मानवता का सार बना रहा। हालाँकि इस स्थिति ने उसे पूरी तरह से नपुंसक बना दिया था और अपने यौन साथी की ईर्ष्या के कारण एक दर्दनाक मौत मर गया, यह ध्यान देने योग्य है कि मरते समय उसे अपनी मौत का बिल्कुल भी एहसास नहीं था। क्योंकि उसके दिल ओ दिमाग़ पर सिर्फ एक ही चीज छाई हुई थी....... उस लड़की का बर्फ़ीला शरीर जिसके साथ वो शारीरिक सम्बन्ध बनाना चाहता था।

मरने से पहले ईशर सिंह को भी अपनी क्रूरता का एहसास हुआ...... और यह अहसास उस अंधेरे में प्रकाश की किरण थी जिसने उसे घेर लिया था। कहानीकार लिखता है- "खून ईशर सिंह की जबान तक पहुँच गया। जब उसने उसका स्वाद चखा तो उनके शरीर

के रोंगटे खड़े हो गए...... उसने अपने आप से कहा, और मैं.......और मैं...... छः लोगों को मार चूका हूँ.......... इसी कृपाण से !"

ईशर सिंह ने अपनी कृपाण से छह लोगों को मार डाला था। उसके साथ जो मनोवैज्ञानिक घटना घटित हुई, इससे पहले, उसने शायद कभी नहीं सोचा होगा कि उसके हाथों से छः लोगों का खून हो चुका...... लेकिन अब वह अपने ही खून का स्वाद चखते हुए सोचता है, बल्कि ऐसा कहिये कि वो यह सोच पाता है कि जिस कृपाण ने मेरा गला काटा, उससे मैंने छह लोगों का काट चुका हूँ..... और जब वह छः लोगों का खून कर चुका हो के साथ उसकी गाली में उसकी आत्मा की पीड़ा नहीं सुनाई देती है ?..... आप सुनिए, "और मैं..... और मैं..... मैंने छह लोगों को मार डाला है। इसी कृपाण से !"

"अर्थात ईशर सिंह.....तो दर्द और पीड़ा महसूस कर रहा है...... किन्तु तुम जानते हो कि तुमने इस कृपाण से छः लोगों मारे हैं।"

ईशर सिंह से हम उस के विचारों तथा भावनाओं की आशा नहीं कर सकते। वह एक गँवार व्यक्ति हैं, लेकिन उसने अपनी अपरिपक्क शैली में सब कुछ बता दिया..... और यह अपरिपक्क शैली अपनी जगह उपयुक्त है। ईशर सिंह की शक्ति समाप्त हो चुकी थी, लेकिन वह अपने अंदर एक नई लहर महसूस कर रहा था। इसकी तुलना में कुलवंत कौर के दिल ओ दिमाग़ पर

बस एक ही विचार थोपा गया था...... उस औरत का जिस ने उसके पति ईशर सिंह को मोह लिया था। "वह पूछती है- कौन है वो हरामज़ादी ?"

कहानीकार लिखता है- "ईशर सिंह की आँखें धुंधला रही थीं। एक हलकी सी चमक उसमें उत्पन्न हुई और उसने कुलवंत कौर से कहा, गाली न दे उस भड़वी को।"

इन छह शब्दों में क्या कहानीकार ने ईशर सिंह की सभी भावनाओं को एकत्र नहीं कर दिया ? वह कुलवंत कौर को रोकता है कि उस औरत को गाली न दे, लेकिन खुद उसे 'भड़वी' कहता है। वास्तव में, इस गाली का संकेत उसके स्वयं के प्रति निर्देशित है। कुलवंत कौर जिस महिला को हरामजादी कहती है, उस पर उसे जाहिर तौर पर दया आती है, लेकिन वास्तव में उसे अपने ही ऊपर दया आती है। अगर हम और आगे बढ़ें तो सारा अर्थ स्पष्ट हो जाता है।

कुलवंत कौर चिल्लाई- "मैं पूछती हूँ, वो कौन है ?"

ईशर सिंह के गले में आवाज़ रुंध गई- "बताता हूँ, यह कह कर उसने अपनी गर्दन पर हाथ फैरा और उस पर अपना खून देख कर मुस्कुराया।"

"इंसान माँया भी क्या अजीब चीज है।"

यहाँ हम ईशर सिंह को एक दार्शनिक..... एक अपरिपक्क दार्शनिक के रूप में देखते हैं और इसी अपरिपक्क दार्शनिक के पीछे हमें केवल एक ही बात

दिखाई देती है.... उस लड़की की ठंडा लाश, जिसके साथ ईशर सिंह जैसा कामुक व्यक्ति शारीरिक सम्बन्ध बनाना चाहता है..... वह मुस्कराता है.... सिर्फ मुस्कुराने के लिए नहीं।उनकी मुस्कान वास्तव में उनके आश्चर्य की अभिव्यक्ति है। चूंकि वह समझ नहीं पा रहा है कि उसके साथ क्या हुआ है, इस लिए वो मुस्कुरा देता है और अपने परेशान दिमाग़ से बचने के लिए खुद से कहता है, "इन्सान माँया भी क्या अजीब चीज है।"

यह एक बहुत बड़ी त्रासदी है जो इंसान के साथ हो सकती है। इसे कामुक भावनाओं की उत्तेजना के लिए कैसे जिम्मेदार ठहराया जा सकता है? एक कहानी, जिसमें एक मजबूत और शक्तिशाली आदमी का जुनून ठंडा हो जाता है, पाठक की भावनाओं को कैसे कंपन कर सकती है? इसमें कोई संदेह नहीं है कि 'ठंडा गोश्त' में कुछ ऐसे शब्द और वाक्यांश हैं, जिन्हें अगर कहानी के शरीर से अलग कर दिया जाए तो वे अशोभनीय और असभ्य दिखाई देंगे, लेकिन वे कहानी के अभिन्न अंग हैं। जिनके आभाव में कहानी पूरी नहीं हो सकती। किसी शब्द या वाक्यांश को उसके आसपास के वातावरण के साथ देखना पड़ता है।

यदि आप 'पहेली' का एक भाग उठा लें और कहें- "यह गधे की पूंछ है।" तो आप स्पष्ट रूप से अपनी राय सही नहीं बना रहे हैं, क्योंकि वह भाग इसके सही स्थान पर रखा कर 'पहेली' ' को समग्र रूप से देखा

जाना चाहिए, क्योंकि हो सकता है कि यह भाग, अन्य भाग के साथ मिल कर,एक सुंदर महिला के गले के पड़ी हुई लोमड़ी की खाल का रूप धारण कर ले। इसके अतिरिक्त हमें यह भी देखना है कि अश्लील और अशोभनीय शब्दों व मुहावरों का उच्चारण क्या है ? वो किस प्रकार के व्यक्ति के मुंह से निकले हैं। ईशर सिंह एक गँवार और असभ्य व्यक्ति है। हम उनके मुंह से विनम्र और सभ्य बातचीत की कल्पना नहीं कर सकते, अब हम गालियों की ओर आते हैं जो ईशर सिंह के संवाद में दिखाई देती हैं-

हम इस बात को कभी भी नज़रअंदाज नहीं कर सकते हैं कि अक्सर सभ्य और असभ्य लोग (पुरुष और महिलाएं) अपनी दैनिक बातचीत में गाली-गलौज वाली भाषा का प्रयोग करते हैं। ईशर सिंह अपनी बातचीत में बेबाकी से अपशब्दों का प्रयोग करता है। क्योंकि इसका उद्देश्य गाली देना नहीं है। कई जगह वो गाली को सूचक शब्द के रूप में प्रयोग करता है। देखें-

"और मैं... और मैं... भीनी, छह आदमियों को मार चुका हूँ।" यह स्पष्ट है कि "गाली न तो ईशर सिंह पर निर्देशित है, न ही उन छह आदमियों पर जिन्हें उसने मारा है।"

"गला चीरा हुआ है माँया मेरा"- स्पष्ट है कि गले की कोई माँ नहीं है, जिस को गाली दे रहा है।

"यह कुड़िया दिमाग़ ही ख़राब है।"- इस के सम्बन्ध में भी यही कह सकते हैं कि दिमाग़ की कोई पुत्री नहीं है, जिसको गाली दे रहा है।

> इसी प्रकार से कुलवंत कौर एक स्थान पर कहती हैं, "ये भी कोई माँया जवाब है ?" दो स्थान पर ईशर सिंह कहता है, "इंसान माँया भी अजीब चीज है..... इंसान कुड़िया भी अजीब चीज है!" जैसा कि बचाव पक्ष के गवाह मिस्टर आई० लतीफ ने कहा है, यह गालियाँ अपनी जगह पर एक बहुत ही मनोवैज्ञानिक महत्व रखती हैं। कहानी को ध्यान से पढ़ने के बाद, पाठक समझ सकता है कि इन गालियों में ईशर सिंह के चिंतित और उत्सुक दिल ओ दिमाग़ की उदास स्थिति परिलक्षित होती है। वह अपनी स्थिति का उचित आकलन करना चाहता है, लेकिन असफल हो जाता है और अंत में इन शब्दों में बच निकलता है। इंसान माँया भी अजीब चीज है.... इंसान कुड़िया भी अजीब चीज है!"

10 जुलाई का दिन आ पहुँचा। मैं बहुत चिंतित था। घर में हर कोई दुआकर रहा था कि ख़ुदा खैर करे। जज साहब ने विशेष मामला समझते हुए बहस के लिए चार घंटे का समय निर्धारित कर रखा था। मुझे डर था कि कहीं मियाँ A.M सईद की तरह इनायतुल्लाह खान का स्वभाव भी शत्रुतापूर्ण ना हो। क्योंकि मेरे लिए संयम बहुत मुश्किल है। मियाँ सईद साहब की अदालत में कई बार ऐसे अवसर आये कि मैं झलक पड़ूँ, लेकिन मुझे आश्चर्य है कि मैंने कैसे संयम रखा। सुबह जब हम सब अदालत में हाजिर हुए तो इनायतुल्लाह खान साहब ने शेख खुर्शीद साहब से धीमी आवाज़ में कहा, "क्षमा करें, आपको आधा घंटा इंतज़ार करना पड़ेगा। मैं ज़रा यह छोटे-छोटे मुकदमें देख लूँ"

हम अदालत से बाहर आ गए...... आरिफ अब्दुल मतीन चुप थे। शेख खुर्शीद भी चुप थे। वह अपने साथ मोटी-मोटी कानूनी किताबों का ढेर उठा कर लाये हुए थे। उनका दिमाग़ शायद इस संदर्भ में खो गया था। मैं हाई कोर्ट के बारे में सोच रहा था। नसीर अनवर घास पर रूमाल बिछाए बैठा था, शायद कोई कश्मीरी गीत गुनगुना रहा था। पौने घंटे बाद हमें बुलाया गया। हम कोर्ट रूम में दाखिल हुए। जज साहब को सलाम....... इनायतुल्लाह खान ने अपनी गर्दन को हल्के से हिलाते हुए जवाब दिया। जब हम आरोपी के कटहरे की ओर चलने लगे तो आपने धीमी आवाज में कहा, 'कुर्सियों पर बैठ जाओ।' मैं समझा शायद किसी ओर से कहा गया। मुझे सुखद आश्चर्य हुआ। हम कुर्सियों पर बैठ गए। नसीर अनवर के होठों पर मुस्कान दौड़ गई वह काफी संतुष्ट दिखे।

बहस शुरू होने से पहले जज साहब ने कहा, "मैंने इस केस का ध्यानपूर्वक अध्ययन किया है। तुम लोग संतुष्ट हो जाओ। कोई परेशानी नहीं आएगी।मैंने उदाहरण से केवल अधीनस्थ न्यायालय का निर्णय पढ़ा है। मैंने साक्षियों का अध्ययन करना अनावश्यक समझा है। बहरहाल, 'ठंडा गोश्त' कहानी को बड़े ध्यान से पढ़ा है।

बहस शुरू होने ही वाली थी कि इनायतुल्लाह खान साहब ने अभियोजन पक्ष और बचाव पक्ष के वकीलों का ध्यान कुछ बिंदुओं पर आकर्षित किया और स्पष्टीकरण मांगा। शेख खुर्शीद अहमद चुप रहे। हालाँकि जज साहब के समर्थन में एक दो बार कुछ ज़रूर कहा। प्रॉसिक्यूटर साहब का खण्डन, खुद खान साहब कर रहे थे। लगभग आधे घंटे तक कानूनी वार्तालाप करने के बाद आपने ने मुस्कुरा कर कहा- "मैं सआदत हसन मंटो को सजा दूँ, तो वह कहेगा कि एक दाढ़ी वाले ने मुझे सजा दी।" इसके बाद वो अधीनस्थ न्यायलय के आदेश पर कुछ कहते रहे। अंत में हमसे कहा –

"क्या आप लोगों ने जुर्माना अदा किया था ?" हम सभी ने कहा, 'जी हाँ।' इस पर जज साहब ने कहा- "आप दोषमुक्त हैं।" जुर्माना आपको पूरा वापस कर दिया जाएगा। कुछ पलों के लिए मैं सोच भी नहीं पाया कि क्या हुआ था। शेख खुर्शीद साहब ने मेरा कंधा पकड़ कर हिलाया और कहा- "उठो श्रीमान। आप आप दोषमुक्त हैं।"

अदालत से बहार आकर जब मैंने चपरासी को दस रुपये इनाम में दिए तो मुझे एहसास हुआ कि मैं सच में दोषमुक्त हूँ, और चौथी बार भी मेरा फ़ैसला अच्छा हुआ है। मुझे एक बड़े श्राप से मुक्त करने के लिए मैंने अपने हृदय में परमेश्वर का धन्यवाद किया। शेख खुर्शीद साहब अपनी सफलता से बहुत खुश थे। इनायतुल्लाह खान साहब के फ़ैसले का अंग्रेजी भाषा से उर्दू (हिंदी) अनुवाद-

प्रथम श्रेणी लाहौर के मजिस्ट्रेट श्रीमान A.M सईद के आदेश के विरुद्ध अपील

दिनांक 16 जनवरी 1950 ई०

दफ़ा 292 PPC के तहत दावा

सजा- आरिफ अब्दुल मुतीन, तीन सौ रुपए जुर्माना, भुगतान न करने पर तीन सप्ताह का कठोर कारावास। सआदत हसन मंटो को श्रम सहित तीन महीने की कैद और तीन सौ रुपये का जुर्माना, भुगतान न करने पर इक्कीस दिन की कैद की सजा सुनाई गई। नसीर अनवर पर तीन सौ रुपए का जुर्माना लगाया। भुगतान न करने पर तीन सप्ताह का कठोर श्रम सहित कारावास।

फ़ैसला-

यह तीन युवकों आरिफ अब्दुल मतीन, नसीर अनवर और सआदत हसन मंटो की अपील है। पहले बताए गए दोनों ही एक उर्दू पत्रिका 'जावेद' के संपादक और प्रकाशक हैं। तीसरा एक कहानीकार है जिसने मार्च 1949 में प्रकाशित पत्रिका के एक विशेष अंक में 'ठंडा गोश्त' शीर्षक से अपनी एक कहानी प्रकाशन हेतु दी। उसे मियाँ A.M सईद मजिस्ट्रेट प्रथम श्रेणी लाहौर के आदेश दिनांक 16 जनवरी 1950 द्वारा PPC की दफ़ा 292 (अश्लील पुस्तकों की बिक्री आदि) के तहत दोषी करार दिया गया है। कहानीकार मिस्टर मंटो को तीन माह के कठिन परिश्रम के कारावास और 300 रूपये जुर्माना। जुर्माना अदायगी न करने पर 21 दिनों के अतिरिक्त कारावास की सजा सुनाई गई है। अन्य दो अर्थात् संपादक और प्रकाशक को भुगतान न करने पर कठिन परिश्रम के साथ तीन सप्ताह के कारावास की सजा सुनाई गई है।

तीनों अपील में उपस्थित हुए हैं। तथ्य अपील के अधीन हैं। प्रेस ब्रांच के एक अधिकारी द्वारा कहानी को सरकार के संज्ञान में लाया गया और मुख्य सचिव ने मुकदमा चलाने का आदेश दिया। मैंने पक्षकारों के विद्वान अधिवक्ता को सुना है और केस लॉ का अध्ययन किया है। मेरा विचार है कि आरोपी पर दोष सिद्ध नहीं किया जा सकता। और सज़ा बरकरार नहीं रखी जा सकती है। मेरा

विचार है कि विचाराधीन कहानी को अश्लील और विशेष रूप से कानून के खिलाफ नहीं कहा जा सकता है।

आरोपी पत्रिका से अपना संबंध स्वीकार करते हैं। अब केवल एक ही सवाल तय किया जाना है कि क्या कहानी अश्लील है और विशेष रूप से कानून के खिलाफ है या नहीं। इस संबंध में कई बिंदु उठते हैं, पहला, 'अश्लीलता' शब्द से हमारा क्या तात्पर्य है? दूसरे, यह एक ऐसा मामला है जिसमें विशेषज्ञ गवाही प्रस्तुत की जा सकती है। तीसरा, क्या प्रश्न में लागू मानकों के अनुसार कहानी को अश्लील के रूप में वर्गीकृत किया जा सकता है? मैंने क्रिमिनल लॉ एडिशन 1945 में रतन लाल और अन्य की टिप्पणियों का अध्ययन किया है और इसमें उठाए गए प्रश्नों पर पक्षों द्वारा दिए गए तर्कों पर विचार किया है।

अश्लीलता की जाँच का स्तर वहाँ यह निर्धारित किया गया है- "क्या अश्लीलता के आरोपित कहानी में उन लोगों की नैतिकता को भ्रष्ट करने की प्रवृत्ति है जिनके मन ऐसे अनैतिक प्रभावों को प्राप्त करने के लिए तैयार हैं ? और जिनके हाथों में इस प्रकार की कहानी लोगों की नैतिकता के लिए हानिकारक है। और यदि यह अनुमान लगाया जाता है कि यह उन लोगों के हाथों में पहुँच जाएगी, तो यह उनके मन में दुर्व्यवहार और अनैतिकता का प्रभाव पैदा करेगी, तो यह एक अश्लील होगा। कानून का उद्देश्य इसे रोकने के लिए है, यदि कोई कहानीकार

वास्तव में किसी भी लिंग के युवा या वृद्ध लोगों के मन में सबसे अश्लील और कामुक प्रकार के विचारों को व्यक्त करता है, तो कानून द्वारा इसे प्रकाशित करने के लिए निषिद्ध है। भले ही आरोपी की नजर में सबूत ही परोक्ष मकसद निर्दोष हो, यहाँ तक कि प्रशंसनीय भी। जो कुछ भी कामुकता को उत्तेजित करता है वह अश्लील है।"

फिर ऐसे निर्णय हैं जो मानते हैं कि केवल वाक्यांश और वाक्यों को क्षमा नहीं किया जाता है क्योंकि बाकी का प्रकाशन आपत्तिजनक नहीं है और यह उचित नहीं है कि प्रकाशित कहानी एक प्रतिष्ठित कहानीकार द्वारा लिखा गयी है या इस तरह की शैली में लिखी गयी है। हर कोई या कि प्रकाशन चिकित्सा है और केवल कुछ ग्राहकों को ही बेचा जाता है। हमें न केवल कार्य की प्रकृति बल्कि वर्तमान समाज की स्थिति को भी देखना होगा। हमें बस यह देखना है कि क्या यह जनता तक पहुँच सकता है। जिसमें दोनों लिंगों के युवा और वृद्ध शामिल हैं। इसलिए हमें अपने समाज की वर्तमान स्थिति के आलोक में कहानी के अर्थ का निर्धारण करना होगा।

मुझे लगता है कि इस बिंदु पर मामले को छोड़ा जा सकता है और हमें बाद में इस पर लौटना चाहिए। जब हमने इस मुद्दे पर विचार किया है कि क्या यह प्रश्न विशेषज्ञ की राय से तय किया जा सकता है या नहीं ? जहाँ तक इस मामले का संबंध है, मुझे लगता है कि इस मामले को विशेषज्ञ की राय से तय नहीं किया जा

सकता है। कुछ खास और प्रतिष्ठित कहानीकार इसके बारे में क्या सोचते हैं, इस पर हमें विचार करने की जरूरत नहीं है। इसके विपरीत, हमें यह विचार करना होगा कि पाठक सामान्य रूप से कहानीकार पर कैसे प्रतिक्रिया देगा।

यदि मेरी राय सही है, तो अधीनस्थ न्यायालय द्वारा दर्ज साक्ष्य का कोई भी भाग इस बिंदु पर स्वीकार्य नहीं हो सकता है। यदि यह असंभव है कि पक्ष या अदालत की ओर से पेश हुए सज्जनों की गवाही पढ़ी जाती है, सामान्य पाठक द्वारा यदि दर्ज की गई गवाही अदालत के लिए बहुत मददगार नहीं है, अगर इसे सबूत के रूप में स्वीकार किया जाता है और किसी भी पक्ष को कोई विशेष महत्व नहीं देता है। गवाहों के एक समूह ने कहा है कि विचाराधीन कहानी बेहद अश्लील है। दूसरे समूह ने इसके खिलाफ बयान दिया है, और यह माना है कि इस कहानी में कोई अनैतिक चीज नहीं है।

ध्यान देने पर यह पता चाल सकता है कि यह मत एक प्राकृतिक अंतर है। अलग-अलग वर्ग के पाठक अलग-अलग प्रतिक्रिया देते हैं। जब तक हम मूल्यांकन का एक मानक निर्धारित नहीं करते हैं, जिसे ध्यान में रखा जाए, तब तक कोई सहमति नहीं हो सकती है, और यह भी स्पष्ट है कि विभिन्न स्वभाव, उम्र, व्यवसायों और विभिन्न प्रकार के शिक्षित लोगों की प्रतिक्रिया भी अलग-अलग होगी। अलावा इसके कि यह निर्धारित है कि

नैतिकता एक अतिरिक्त शब्द है। अश्लीलता के सवाल पर राय निश्चित रूप से भिन्न होगी और महत्वपूर्ण रूप से भिन्न होगी। मेरी राय में सही बात यह है कि इस कहानीकार, जनता के सामान्य सदस्य के दृष्टिकोण से इस मुद्दे को जाँचना चाहिए। इसे निर्धारित करने के बाद, हमें विचाराधीन कहानी पर विचार करना होगा कि यह हमारे समाज के स्वीकृत नैतिक आदर्शों में कहाँ तक जाती है।

इस मौक़े पर मुझे अपील फैसले के एक गलत धारणा और भ्रामक तर्क को इंगित करना है। विद्वान मजिस्ट्रेट ने यह कहते हुए प्रारंभ किया कि 'अश्लीलता' शब्द उस संदर्भ के लिए प्रासंगिक है जिसमें इसे जाँचा जाना है।उन्होंने कहा कि अलग-अलग देशों और समाजों के अलग-अलग मानक हो सकते हैं। यहाँ तक वह सही था। उन्होंने गलती की जब उन्होंने यह मान लिया कि पाकिस्तान के प्रचलित नैतिक मानकों को पवित्र कुरान की शिक्षाओं से बेहतर नहीं जाना जा सकता है। फिर वह आगे कहते हैं कि उनके अनुसार 'अश्लीलता और कामुकता शैतान की ओर से है।

इसमें कोई शक नहीं कि यह हमारा आदर्श है, लेकिन सवाल यह नहीं है, बल्कि सवाल यह है कि हमारे समाज की वास्तविक स्थिति क्या है। जाहिर है, हमने अभी तक अपना लक्ष्य प्राप्त नहीं किया है। अपीलकर्ताओं को हमारे समाज के अनुसार में जाँचा जाना चाहिए, जिस

प्रकार का हमारा समाज है, न कि उस प्रकार से, जैसा कि उसे होना चाहिए।

जब हम बाजार में गैर जवाबदेह प्रकाशनों की संख्या के बारे में सोचते हैं, तो हम इस निष्कर्ष पर पहुँचते हैं कि विचाराधीन कहानी बहुत कम आपत्तिजनक है। कई 'गुप्त' प्रकाशनों के प्रकाशन पर कोई प्रतिबंध नहीं है, जिसके आगे कुछ भी अश्लील नहीं हो सकता। सिनेमाओं में तमाशे दिखाने के लिए कोई जवाबदेही नहीं है, जो इस विचाराधीन कहानी से कम आपत्तिजनक नहीं होते। अगर हमें पश्चिमी सभ्यता को अपनाना और प्यार करना है जैसा कि हम कर रहे हैं, तो मुझे लगता है कि हमें ऐसी कहानी, जो कि हमारे सामने है, उचित रूप से आपत्ति नहीं की जा सकती है। यह तो इस सभ्यता का आवश्यक परिणाम है और हमेशा की तरह इसके अलावा कुछ नहीं।

चुमा चाट्टी और आलिंगन एक ऐसी चीज है जो प्रत्येक दिन सिनेमा घरों में दिखाई जाती है। अभिचार वह सामान्य और बुनियादी आधार है जिस पर 'सच्ची कहानियाँ' निर्मित होते हैं। वास्तव में, यह सभी अंग्रेजी और पश्चिमी उपन्यासों का मूल कथानक है। अगर उन्हें कोई आपत्ति नहीं है, तो मुझे कोई कारण नहीं दिखता कि हम इन युवाओं पर कठोर क्यों हों।

विचाराधीन कहानी पत्रिका के पृष्ठ 88 से 93 तक पर छपी है। कहानी बताई जाती है कि ईशर सिंह नाम के एक व्यक्ति का कुलवंत कौर नामक एक महिला

के साथ अवैध संबंध था। उसने दंगों के दौरान एक घर में छह लोगों की हत्या कर दी और वहाँ से एक खूबसूरत लड़की को उठा ले गया। उसने लड़की को व्यभिचार करने के लिए मजबूर करने की कोशिश की, लेकिन पाया कि लड़की मर चुकी थी। यह 'ठंडा गोश्त' है। कहानी के अनुसार इस रहस्योद्घाटन का ईशर सिंह पर ऐसा प्रभाव पड़ा कि उसकी कामुकता इतनी कम हो गई कि बाद में जब वह कुलवंत कौर के पास गया तो वह उसके साथ सो नहीं सका। हालांकि उसने इसके लिए शुरुआती कदम उठाए थे।

इस कहानी में यहाँ- वहाँ कुछ अश्लील शब्द और कुछ गालियाँ भी....... ठीक उसी तरह जो हमारे समाज के निचले तबके में आम हैं। हमें किसी कहानी की प्रकृति पर विचार करने के लिए कई शर्तों और परिभाषाओं को ध्यान में रखना होगा। उदाहरण के लिए कुछ नाम लें तो, एक कहानी 'रुचिकर' या 'अरुचिकर', 'अनुचित' या 'परिष्कृत', कामुक या 'अश्लील' हो सकती है। रंगों की तरह से क्रमिक संयोजन को अलग हटाते हुए उस कहानी को जिसे अश्लील कहा जाता हो, कदापि रूप में वर्गीकृत करने के लिए निश्चित रूप से 'अश्लील', 'अनैतिक', 'हानिकारक' और 'और भी बहुत कुछ' होना चाहिए, लेकिन अधिक से अधिक मैं इस कहानी के बारे में केवल यही कहूंगा कि यह अशिष्ट और अशोभनीय है।

> विद्वान PPS ने किसी मुख्य आपत्तिजनक बिंदु की ओर इशारा नहीं किया जिसे वे निश्चित तौर पर 'अश्लीलता' कहेंगे। किसी ने कहानी की कुछ पंक्तियों को चिह्नित किया है लेकिन वे ऐसी हैं जिनका मैंने पहले ही उल्लेख किया है और यह उन्हें पुन: पेश करने के लिए कोई उपयोगी उद्देश्य नहीं होगा। इसलिए मैं निचली अदालत से असहमत हूँ, लेकिन मैं यह स्पष्ट करना चाहता हूँ कि मेरा मतलब इस कहानी से सहमत होने का नहीं है। मैं इसे 'अश्लील' या अत्यधिक आपत्तिजनक नहीं मानता। तद्नुसार, मैं अपील को स्वीकार करता हूँ, और तीनों अपीलार्थियों को बरी करता हूँ। वे पहले से ही जमानत पर हैं। यदि जुर्माने का भुगतान किया गया है, तो इसे पूरा वापस किया जाना चाहिए।"

एक चुटकुला सुनें। 11 जुलाई की सुबह को नज़ीर अहमद चौधरी स्वामी 'नया इदारा' और संपादक 'सवेरा' जिन्होंने अन्य प्रगतिशील लोगों के साथ मिलकर, मुझे प्रतिक्रियावादी घोषित किया और क़सम खा चुके थे कि मेरी किसी भी कहानी को प्रकाशित नहीं करेंगे, तशरीफ़ लाए। उन्होंने मुझे गले लगाया और गर्मजोशी से बधाई दी और कहा, 'मंटो साहब', अब मुझे 'ठंडा गोश्त' दे दीजिए। मैं 'नमरूद की खुदाई' में सम्मिलित कर लूंगा। मैं चौधरी साहब के इस अनुरोध पर मैं कोई टिप्पणी नहीं करना चाहता।

कुछ दोनों बाद मुझे कोहाट के एक अधिकारी कैडेट मजहर अली खान का पत्र मिला। लिखा था-

"मुझे उम्मीद है। आपको याद होगा कि मैं कौन हूँ। रियाज साहब की दुकान पर आपसे हुई कुछ मुलाकातों ने मुझे आपका भक्त बना दिया। बहुत समय पहले मैंने अखबार में पढ़ा था कि आपने 'ठंडा गोश्त' से छुटकारा पा लिया है। खाली समय न होने के कारण मैं आपको बधाई पत्र नहीं लिख सका। अब बधाई के लिए बहुत देर हो चुकी है, लेकिन फिर भी इसे स्वीकार करें। मुझे यकीन है कि इस तरह के विरोध के बावजूद आपके प्रशंसक बढ़ते रहेंगे। मैंने सुना है कि चौधरी मुहम्मद हुसैन साहब, जो अक्सर आपके साथ नोक-झोक करते थे, इस दुनिया से चल बसे। अब तो मामला कुछ बेमज़ा सा हो गया, लेकिन दुनिया में सरफिरों की कमी नहीं है। उनकी जगह कोई और ले लेगा।"

मुझे चौधरी मुहम्मद हुसैन साहब के निधन का बहुत अफ़सोस है। ईश्वर उनकी आत्मा को शान्ति दे। अब जब वह इस दुनिया में नहीं हैं तो मैं उनके बारे में कुछ नहीं कहना चाहता। अगर कोई और उनकी जगह लेता है, तो मैं कहूंगा-

"सर-ए-दोस्ताँ सलामत, कि तू ख़ंजर आज़माई"

अर्थात – "दोस्तों के सर सलामत रहें, तू खंज़र चलाता जा"

सआदत हसन मंटो

29 अगस्त 1950 ई०

लाहौर

कहानी ठंडा गोश्त
(हिंदी अनुवाद)

ठंडा गोश्त

ईशर सिंह जैसे ही होटल के कमरे में आया, कुलवंत कौर पलंग पर से उठी। अपनी तेज-तेज आंखों से उसकी तरफ घूरकर देखा और दरवाजे की चटख़्नी बंद कर दी। रात के बारह बज चुके थे, शहर का माहौल एक अजीब रहस्यमयी खामोशी में डूबा हुआ था।

कुलवंत कौर पलंग पर आलथी-पालथी मारकर बैठ गई। ईशर सिंह, जो शायद अपने समस्यापूर्ण विचारों के उलझे हुए धागे खोल रहा था, हाथ में कृपाण लिए एक कोने में खड़ा था। कुछ क्षण इसी तरह खामोशी में बीत गए। कुलवंत कौर को थोड़ी देर के बाद अपना आसन पसंद न आया और वह दोनों टांगें पलंग के नीचे लटकाकर उन्हें हिलाने लगी। ईशर सिंह फिर भी कुछ न बोला।

कुलवंत कौर भरे-भरे हाथ-पैरों वाली औरत थी। चौड़े-चकले कूल्हे थुल-थुल करने वाले गोश्त से भरपूर, कुछ बहुत ही ज्यादा ऊपर को उठा हुआ सीना, तेज आंखें, ऊपरी होंठ पर सुरमई गुबार, ठोड़ी की बनावट से पता चलता था कि बड़े धड़ल्ले की औरत है।

ईशर सिंह सिर नीचा किए एक कोने में चुपचाप खड़ा था। सिर पर उसके कसकर बांधी हुई पगड़ी ढीली हो रही थी। उसने हाथ में जो कृपाण थामे हुए थे, थोड़े-थोड़े कपकपा रहे थे। लेकिन उसका डील-डौल और रंग-रूप से पता चलता था कि वह कुलवंत कौर जैसी औरत के लिए उपयुक्त मर्द है।

कुछ क्षण जब इसी तरह खामोशी में बीत गए तो कुलवंत कौर छलक पड़ी, लेकिन तेज-तेज आंखों को बचाकर वह सिर्फ इतना ही कह सकी—"ईशर सय्याँ !"

ईशर सिंह ने गर्दन उठाकर कुलवंत कौर की तरफ देखा, मगर उसकी चुभती नजरों बच कर मुंह दूसरी तरफ मोड़ लिया.

कुलवंत कौर चिल्लाई— "ईशर सय्याँ !" लेकिन फौरन ही आवाज भींच ली और पलंग पर से उठकर उसकी ओर जाते हुए बोली— "कहां गायब रहे तुम इतने दिन ?"

ईशर सिंह ने सूखे होठों पर जबान फेरी, "मुझे नहीं पता"

कुलवंत कौर भन्ना गई, "ये भी कोई माँया जवाब है?"

ईशर सिंह ने कृपाण एक तरफ फेंक दी और पलंग पर लेट गया। ऐसा मालूम होता था, वह कई दिनों का बीमार है। कुलवंत कौर ने पलंग की तरफ देखा, जो अब ईशर सिंह से लबालब भरा था और उसके दिल में हमदर्दी की भावना उत्पन्न हुई। फिर उसके माथे पर हाथ रखकर उसने बड़े प्यार से पूछा— "जानी, क्या हुआ तुम्हें?"

ईशर सिंह छत की तरफ देख रहा था। उससे निगाहें हटाकर उसने कुलवंत कौर के परिचित चेहरे की टटोलना शुरू किया— "कुलवंत !"

आवाज में दर्द था। कुलवंत कौर सारी की सारी सिमटकर उसकी गोद में आ गई, "हाँ, जानी," कहकर वह उसको दांतों से काटने लगी।

ईशर सिंह ने पगड़ी उतार दी। कुलवंत कौर की तरफ सहारा लेने वाली निगाहों से देखा, उसके गोश्त भरे कुल्हे पर जोर से थप्पा मारा और सिर को झटका देकर अपने-आपसे कहा, "इस कुड़ी दा दिमाग ही खराब है।" झटका देने से उसके बाल खुल गए। कुलवंत उंगुलियों से उनमें कंघी करने लगी। ऐसा करते हुए उसने बड़े प्यार से पूछा, "ईशर सय्याँ, कहाँ रहे तुम इतने दिन ?"

ईशर सिंह ने कुलवंत कौर को घूरकर देखा और फौरन दोनों हाथों से उसके उभरे हुए सीने को मसलने लगा— "कसम वाहे गुरु की, बड़ी जानदार औरत हो !"

कुलवंत कौर ने एक अदा के साथ ईशर सिंह के हाथ एक तरफ झटक दिए और पूछा,"तुम्हें मेरी कसम, बताओ कहाँ रहे ?...शहर गए थे ?"

ईशर सिंह ने एक ही लपेट में अपने बालों का जूड़ा बनाते हुए जवाब दिया, "नहीं।"

कुलवंत कौर चिढ़ गई, "नहीं, तुम जरूर शहर गए थे......और तुमने बहुत-सा रुपया लूटा है, जो मुझसे छुपा रहे हो।"

"वह अपने बाप का बीज न हो, जो तुमसे झूठ बोले।"

कुलवंत कौर थोड़ी देर के लिए खामोश हो गई, लेकिन फौरन ही भड़क उठी..............."लेकिन मेरी समझ में नहीं आता उस रात तुम्हें हुआ क्या ?............अच्छे-भले मेरे साथ लेटे थे। मुझे तुमने वे सारे गहने पहना रखे थे, जो तुम शहर से लूटकर लाए थे। मेरी भपियां ले रहे थे। पर जाने एकदम तुम्हें क्या हुआ, उठे और कपड़े पहनकर बाहर निकल गए।"

ईशर सिंह का रंग पीला हो गया। कुलवंत ने यह परिवर्तन देखते ही कहा, "देखा, कैसे रंग पीला पड़ गया ईशर सय्याँ, कसम वाहे गुरु की,

जरूर कुछ दाल में काला है।"

"तेरी जान की कसम, कुछ भी नहीं!"

ईशर सिंह की आवाज बेजान थी। कुलवंत कौर का शक और अधिक पक्का हो गया, ऊपरी होंठ भींचकर उसने एक-एक शब्द पर जोर देते हुए कहा, "ईशर सय्याँ, क्या बात है, तुम वह नहीं हो, जो आज से आठ दिन पहले थे ?"

ईशर सिंह एकदम उठ बैठा, जैसे किसी ने उस पर हमला किया था। कुलवंत कौर को अपने मजबूत बाहों में समेटकर उसने पूरी ताकत के साथ भंभोड़ना शुरू कर दिया, "जानी, मैं वहीं हूँ...... घट-घट पा जप्फियाँ, तेरी निकले हंडा दी गर्मी....."

कुलवंत कौर ने कोई रोका-टोकी नहीं की, लेकिन वह शिकायत करती रही, "तुम्हें उस रात क्या हो गया था?"

"बुरे की माँ का हो गया था।"

"बताओगे नहीं ?"

"कोई बात हो तो बताऊं।"

"मुझे अपने हाथों से जलाओ, अगर झूठ बोलो।"

ईशर सिंह ने अपने हाथ उसकी गर्दन में डाल दिए और होंठ उसके होंठों पर गड़ा दिए। मूंछों के बाल कुलवंत कौर के नथूनों में घुसे, तो उसे छींक आ गई। दोनों हँसने लगे।

ईशर सिंह ने अपनी सरदी उतार दी और कुलवंत कौर को वासनामयी नजरों से देखकर कहा, "आओ जानी, एक बाजी ताश की हो जाए।"

कुलवंत कौर के ऊपरी होंठ पर पसीने की नन्हीं-नन्हीं बूंदें फूट आईं, एक अदा के साथ उसने अपनी आंखों की पुतलियां घुमाईं और कहा, "चल, दफा हो।"

ईशर सिंह ने उसके भरे हुए कूल्हे पर जोर से चुटकी भरी। कुलवंत कौर तड़पकर एक तरफ हट गई, "न कर ईशर सय्याँ, मेरे दर्द होता है।"

ईशर सिंह ने आगे बढ़कर कुलवंत कौर का ऊपरी होंठ अपने दांतों तले दबा लिया और किचकिचाने लगा। कुलवंत कौर बिलकुल पिघल गई। ईशर सिंह ने अपना कुर्ता उतारकर फेंक दिया और कहा, "तो फिर हो जाए तुरप चाल....." कुलवंत कौर का ऊपरी होंठ कंपकंपाने लगा, ईशर सिंह ने दोनों हाथों से कुलवंक कौर की कमीज का घेरा पकड़ा और जिस तरह बकरे की खाल उतारते हैं, उसी तरह उसको उतारकर एक तरफ रख दिया। फिर उसने घूरकर उसके नंगे बदन को देखा और जोर से उसके हाथ पर चुटकी भरते हुए कहा......."कुलवंत, कसम वाहे गुरु की! बड़ी करारी औरत है तू।"

कुलवंत कौर अपने हाथ पर उभरते हुए लाल धब्बे को देखने लगी, "बड़ा जालिम है तू ईशर सय्याँ।"

ईशर सिंह अपनी घनी काली मूंछों में मुस्काया, "होने दे आज जुल्म?" और यह कहकर उसने और जुल्म ढाने शुरू किए। कुलवंत कौर का ऊपरी होंठ दांतों तले किचकिचाया, कान की लवों को काटा, उभरे हुए सीने को भंभोडा, भरे हुए कूल्हों पर आवाज पैदा करने वाले चांटे मारे, गालों के मुंह भर-भरकर चुम्बन लिए, चूस-चूसकर उसका सीना थूक से लथेड़ दिया।

कुलवंत कौर तेज आंच पर चढ़ी हुई हांडी की तरह उबलने लगी। लेकिन ईशर सिंह उन सब के बाद भी खुद में तनाव उत्पन्न न कर सका। जितने गुर और जितने दांव उसे याद थे, सबके-सब उसने पिट जाने वाले पहलवान की तरह प्रयोग कर दिए, परन्तु कोई कारगर न हुआ। कुलवंत कौर के सारे बदन के तार तनकर खुद-ब-खुद बज रहे थे। गैर जरूरी छेड़-छाड़ से तंग आकर कहा, "ईशर सय्याँ, बहुत फेंट चुका है, अब पत्ता फेंक !" यह सुनते ही ईशर सिंह के हाथ से जैसे ताश की सारी गड्डी नीचे फिसल गई, हाँफता हुआ वह कुलवंत के पहलू में लेट गया और उसके माथे पर सर्द पसीने का लेप होने लगा।

कुलवंत कौर ने उसे गरमाने की बहुत कोशिश की, मगर नाकाम रही। अब तक सब कुछ मुंह से कहे बगैर होता रहा था, लेकिन जब कुलवंत कौर के उत्तेजित अंगों को निराशा हुई तो वह झल्लाकर पलंग से उतर गई। सामने खूंटी पर चादर तंगी थी, उसे उतारकर उसने जल्दी-जल्दी ओढ़कर और नथुने फुलाकर बिफरे हुए लहजे में कहा- "ईशर सय्याँ, वह कौन हरामजादी है, जिसके पास तू इतने दिन रहकर आया है और जिसने तुझे निचोड़ डाला है?"

ईशर सिंह पलंग पर लेटा हाँफता रहा और उसने कोई जवाब न दिया।

कुलवंत कौर गुस्से से उबलने लगी, "मैं पूछती हूँ, कौन है वह चड्डो.... वह प्रेमिका, कौन है वह चोर-पत्ता?"

ईशर सिंह ने थके हुए लहजे में कहा, "कोई भी नहीं कुलवंत, कोई भी नहीं।"

कुलवंत कौर ने अपने उभरे हुए कूल्हों पर हाथ रखकर एक दृढ़ता के साथ कहा- "ईशर सय्याँ ! मैं आज झूठ-सच जानकर रहूंगी.... खा वाहे गुरु जी की क़सम.... क्या उसकी तह में कोई औरत नहीं ?"

ईशर सिंह ने कुछ कहना चाहा, मगर कुलवंत कौर ने इसकी इजाजत न दी। "क़सम खाने से पहले सोच ले कि मैं भी सरदार निहाल सिंह की बेटी हूँ .....तिक्का-बोटी कर दूंगी अगर तूने झूठ बोला..... ले, अब खा वाहे गुरु जी की कसम...... क्या इसकी तह में कोई औरत नहीं ?"

ईशर सिंह ने बड़े दुःख के साथ हाँ में सिर हिलाया। कुलवंत कौर बिलकुल दीवानी हो गई। लपककर कोने में से कृपाण उठाई, म्यान को केले के छिलके की तरह उतार कर एक तरफ फेंका और ईशर सिंह पर वार कर दिया।

देखते ही देखते खून के फव्वारे छूट पड़े। कुलवंत कौर को इससे भी तसल्ली न हुई तो उसने जंगली बिल्लियों की तरह ईशर सिंह के बाल नोचने शुरू कर दिए। साथ-ही-साथ वह अपनी अज्ञात सौत को मोटी-मोटी गालियाँ देती रह। ईशर सिंह ने थोड़ी देर बाद मरी-सी आवाज में विनती की, "जाने दे अब कुलवंत ! जाने दे।"

आवाज में बला का दर्द था, कुलवंत कौर पीछे हट गई।

खून ईशर सिंह के गले में उड़-उड़ कर उसकी मूंछों पर गिर रहा था। उसने अपने कांपते होंठ खोले और कुलवंत कौर की तरफ शुक्रिया और शिकायत की मिली-जुली नज़रों से देखा.....“मेरी जान, तुमने बहुत जल्दी की....लेकिन जो हुआ, ठीक है।”

कुलवंत कौर फिर ईष्या फिर भड़की, “मगर वह कौन है, तेरी माँ ?”

खून ईशर सिंह की जबान तक पहुंच गया, जब उसने उसका स्वाद चखा तो उसके बदन में झुरझुरी-सी दौड़ गई।

“और मैं...और मैं भीनी या छः आदमियों को कत्ल कर चुका हूँ.....इसी कृपाण से.....”

कुलवंत कौर के दिमाग में सिर्फ दूसरी औरत थी, “मैं पूछती हूँ कौन है वह हरामजादी?”

ईशर सिंह की आंखें धुंधला रही थीं, एक हल्की-सी चमक उनमें पैदा हुई और उसने कुलवंत कौर से कहा, “गाली न दे उस भड़वी को।”

कुलवंत कौर चिल्लाई, “मैं पूछती हूँ, वो है कौन ?”

ईशर सिंह के गले में आवांज रूंध गई— “बताता हूँ,” कहकर उसने अपनी गर्दन पर हाथ फेरा और उस पर अपनी ताज़ा-ताज़ा खून देखकर मुस्कराया, “इंसान माँया भी अजीब चीज है।” कुलवंत कौर उसके जवाब का इंतजार कर रही थी, “ईशर सय्याँ, तू मतलब की बात कर।”

ईशर सिंह की मुस्कराहट उसकी खून भरी मूंछों में और ज्यादा फैल गई, "मतलब ही की बात कर रहा हूँ.... गला चिरा हुआ है माँया मेरा......अब धीरे-धीरे ही सारी बात बताऊंगा."

और जब वह बताने लगा तो उसके माथे पर ठंडे पसीने के लेप होने लगे।

"कुलवंत ! मेरी जान... मैं तुम्हें नहीं बता सकता, मेरे साथ क्या हुआ ?—इंसान कुड़िया भी एक अजीब चीज है। शहर में लूट मची तो सबकी तरह मैंने भी इसमें भाग लिया। गहने-पाते और रुपये-पैसे जो भी हाथ लगे, वे मैंने तुम्हें दे दिए...लेकिन एक बात तुम्हें न बताई ?"

ईशर सिंह ने घाव में दर्द महसूस किया और कराहने लगा। कुलवंत कौर ने उसकी तरफ ध्यान न दिया और बड़ी बेरहमी से पूछा, "कौन-सी बात ?" ईशर सिंह ने मूंछों पर जमे हुए खून को फूंक से उड़ाते हुए कहा- "जिस मकान पर...मैंने धावा बोला था...उसमें सात...उसमें सात आदमी थे.......छः मैंने कत्ल कर दिए...इसी कृपाण से, जिससे तूने मुझे...छोड़ इसे...सुन...एक लड़की थी, बहुत ही सुन्दर, उसको उठाकर मैं अपने साथ ले आया।"

कुलवंत कौर खामोश सुनती रही। ईशर सिंह ने एक बार फिर फूँक मारकर मूंछों पर से खून उड़ाया...कुलवंती जानी, मैं तुमसे क्या कहूं, कितनी सुन्दर थी....मैं उसे भी मार डालता, पर मैंने कहा, "नहीं ईशर सय्याँ, कुलवंत कौर के तो हर रोज मजे लेता है, यह मेवा भी चखकर देख।"

कुलवंत कौर ने सिर्फ इस कदर कहा, "हूँ....!"

और मैं उसे कन्धे पर डालकर चल दिया...रास्ते में... क्या कह रहा था मैं...हाँ, रास्ते में...नहर की पटड़ी के पास, थूहड़ की झाड़ियों तले मैंने उसे लिटा दिया...पहले सोचा कि फेंटूं, फिर विचार आया कि नहीं..." यह कहते-कहते ईशर सिंह की जबान सूख गई।

कुलवंत ने थूक निगलकर गला गीला किया और पूछा, "फिर क्या हुआ?"

ईशर सिंह के गल से मुश्किल से ये शब्द निकले, "मैंने...मैंने पत्ता फेंका...लेकिन...लेकिन.....।"

उसकी आवाज डूब गई।

कुलवंत कौर ने उसे झिंझोड़ा, "फिर क्या हुआ ?"

ईशर सिंह ने अपनी बन्द होती आंखें खोलीं और कुलवंत कौर के जिस्म की तरफ देखा, जिसकी बोटी-बोटी थिरक रही थी। वो...वो मरी हुई थी...लाश थी...बिलकुल ठंडा गोश्त...जानी, मुझे अपना हाथ दे...!"

कुलवंत कौर ने अपना हाथ ईशर सिंह के हाथ पर रखा जो बर्फ से भी ज्यादा ठंडा था।

www.ingramcontent.com/pod-product-compliance
Lightning Source LLC
LaVergne TN
LVHW101926220826
846093LV00009B/385

* 9 7 9 8 8 8 8 8 3 7 8 7 0 *